AU-DELA

DES APPARENCES

Danièle HEZARIFEND

AU-DELA
DES APPARENCES

Roman

© 2023, Danièle Hézarifend
Édition : BoD - Books on Demand, info@bod.fr
Impression : BoD – Books on Demand, In de Tarpen 42, Norderstedt (Allemagne)

Impression à la demande
ISBN : 978-2-3225-0249-3
Dépôt légal : Septembre 2023

Danièle Hézarifend vit à Metz. La vie familiale avec quatre enfants fut son premier choix, conjugué avec une activité professionnelle après quelques années. Lecture et écriture ont toujours fait partie de sa vie et le rêve de s'accorder le temps d'écrire des histoires autres que celles de ce vécu en a découlé. Ce qui fut fait avec la rédaction d'un roman, de nouvelles et de contes.

En 1994, elle a été lauréate du prix de la Nouvelle de la ville de Yutz. En 2003 et 2004, elle a rédigé les Contes du Château de Malbrouck sur la trame et à l'appui des illustrations de Claire Pelosato. Elle a participé à des ouvrages collectifs dans un cadre associatif littéraire.

L'impression d'un recueil de nouvelles offert à des proches ayant été un premier pas, le moment était venu de partager un de ses romans avec un lectorat plus large.

AU-DELA DES APPARENCES

Sommaire

1. Coup de chagrin
2. Bouleversements
3. Le révolutionnaire du chalet
4. Régler leur compte aux mythes
5. Confidence sous le toit
6. Le coin parlote
7. Le Petit Prince reste chambre 302
8. Suivi façon Nightingale
9. A fleur des secrets du cœur
10. Le tiroir à bazar
11. Au-delà des apparences
12. Philodendron du matin
13. Tomber de rideau

1. COUP DE CHAGRIN

La lumière diffuse de la lampe de chevet repousse la pénombre, la tient en respect à la périphérie de la pièce pour envelopper deux silhouettes rapprochées.

- *Pourquoi pleures-tu, ma petite-fille ? Allons, regarde-moi, lève un peu la tête, que je te vois mieux. Tu m'écoutes, chérie ? Pourquoi fais-tu la sourde oreille ? Te voir là, effondrée sur mon lit, me fait tant de peine ! Raconte-moi, voyons ! Quelqu'un t'aurait-il fait du mal ? Peut-être n'est-ce pas si grave. Tu peux tout me dire, tu le sais bien. Que se passe-t-il ? On dirait que tu ne m'entends pas…*

Juliette pose un baiser sur les mains abandonnées. D'un geste las, elle repousse la mèche qu'aucune coiffure n'a jamais pu retenir. Des cheveux glissants d'asiate, avait coutume de dire sa grand-mère. Cela avait peut-être été la source des histoires inventées pour l'endormir ? Que de fois toutes deux avaient remonté la vallée du Mékong en compagnie d'enfants aux yeux en amandes et aux chevelures soyeuses ! A dos de buffle d'eau, elles avaient sillonné les rizières de Cochinchine, fait halte dans les hameaux aux toits de chaume, franchi les collines cambodgiennes enlacées de rivières. Sans plus faire la différence entre le froissement de ses draps et le glissement d'une jonque de bambous, c'était en pleine baie d'Ha Long qu'enfant elle s'endormait.

Se mordre les lèvres pour ne pas crier. Changer le cours des évènements, sortir de cette scène de tragédie.

Elle se voit évoluer dans un décor familier mais n'y trouve pas place. Reste spectatrice. Elle est précipitée dans un rôle qu'elle n'a pas choisi. Au centre d'un cauchemar dont elle ne parvient pas à émerger.

Il y a confusion, ce n'est pas elle qui fait du théâtre, c'est Florence !

Les larmes créent un brouillard sans parvenir à occulter ce qu'elle réfute et le rideau ne veut pas tomber pour mettre fin à l'inacceptable.

- Oh, Mamina, comment peux-tu me laisser ? Est-ce que tu t'imagines que je peux vivre sans toi ? Je t'aime tellement ! On était si bien toutes les deux. Pourquoi n'as-tu pas dit que tu étais fatiguée ? Je ne me doutais de rien… Ton médecin a parlé de tension élevée, probablement d'un caillot au cerveau, peut-être un contre-coup d'une trop forte émotion. Ton cœur n'y aurait pas résisté. Comment cela a-t-il pu m'échapper, à moi qui suis élève infirmière ? Tu devais avoir des symptômes… Est-ce que j'aurais pu déceler quelque chose hier soir ? Maintenant que j'y pense, tu n'avais pas très faim et tu t'es couchée tôt. Cela aurait dû me mettre la puce à l'oreille. Il aurait peut-être été encore temps…

Si j'avais su, je t'aurais aidée, j'aurais fait les courses, participé un peu plus. Toi, tu n'arrêtais jamais, tu voulais me laisser tout le temps disponible pour travailler. Tu vois où ça mène de dire que le repos fatigue ? Tu n'avais pas le droit de me quitter comme ça !

Juliette sanglote enfin sans retenue. En présence de la voisine venue l'aider, elle n'a pas craqué. Dans un état second, elle a procédé à la toilette de sa grand-mère. Comme on lui apprend à le faire à l'hôpital. Exactement comme s'il s'était agi d'une patiente. Madame Munch s'est sentie obligée de la complimenter.

Elle n'a jamais su se taire quand il fallait, ça ne la surprend pas. Qu'est-ce qu'ils s'imaginent ces adultes, qu'ils sont les seuls à pouvoir faire front ? Jeune ne rime pas avec incapable !

Mais quand cette pipelette d'infirmière à la retraite a voulu choisir un tailleur sombre, elle a pu aller se rhabiller ! On n'allait tout de même pas faire porter à Mamina le deuil d'elle-même ! Seule une douce soie fleurie pouvait convenir à l'improbable voyage qui l'attendait.

- Tu disais que je ne savais qu'étudier et que pour le reste je ne me débrouillerais pas sans toi. Tu vois, pas si mal pour un début... Je commence mon apprentissage.

Tu es aussi jolie que le jour où tu as étrenné ta robe. Tu te souviens ? C'était pour la première parisienne de Flo au Lucernaire.

Juliette fixe les yeux à tout jamais fermés. Très bruns, ils contrastaient avec la neige des boucles retenues en chignon pour faire bien net. Comme elle aime ce visage qui s'animait toujours pour elle, attentif, souriant. Il lui semble que Mamina n'est qu'endormie, qu'elle va se réveiller, lui parler, lui expliquer... Tout à coup, elle semble tellement prête à s'animer, à se relever. Elle lisserait sa robe de la main, ajusterait le peigne qui retient ses cheveux et rirait de s'être endormie, un peu vexée d'avoir été surprise ainsi. Ne raconte-on pas que parfois une mort a été constatée par erreur ?

- Juliette, ma petite Juliette. Mon Dieu je comprends. Je me rappelle vaguement... Un vertige, plus fort que les précédents. En allant ouvrir au facteur, je crois bien. Après, j'ai dû tomber. Une chute qui n'en finissait pas. Un kaléidoscope de couleurs flamboyantes, aveuglantes. Ensuite un silence épais, comme si j'étais enfermée dans une chambre sourde. Est-ce que j'avais ouvert la porte ou pas ? Pauvre facteur ! Madame Munch est bien aimable de t'avoir aidée. Je suis désolée d'avoir dérangé tout le monde.

Ce serait donc ça la mort ? J'ai du mal à y croire... Je ne suis pas mal, tu sais. Ne pleure pas, petite-fille, je t'en prie. Tu vois, je ne m'y fais pas. J'oublie que tu ne m'entends pas. J'ai beau être là, c'est comme si je n'y étais plus. Je suis dans mon corps et je ne peux pas en bouger la plus infime partie. Je t'entends pourtant, et je ne peux pas rendre compréhensible ma réponse. C'est évident, tu me crois partie...

Que c'est donc allé vite ! Je n'ai pas eu le temps... Il

aurait fallu que je t'explique certaines choses. Florence me l'avait fait promettre. Elle avait raison, bien sûr. J'attendais le moment. Tu grandissais l'esprit si tranquille, tu ne posais pas de questions. Et puis est arrivée cette lettre d'Alain. Il annonçait son retour et une grande nouvelle. Je pensais avoir le temps.

Ta naissance et le pacte avec ta maman... Il me semble que c'était hier. Qui te dira maintenant ? Que vas-tu penser ? Pourras-tu me pardonner, ma chérie ?

Mais tu te lèves et tu pars ?

Un instant, j'avais imaginé que tu m'entendais...

- Je débloque complètement. J'ai vraiment eu l'impression que tu allais me parler ! Excuse-moi, Mamina, je crois qu'il vaut mieux que je te laisse un instant.

La jeune fille quitte la pièce dans laquelle sa grand-mère repose, comme on dit. Il lui semble qu'elle habite encore un peu la maison. Ce n'est plus la même présence, il manque sa vivacité, les chansons fredonnées, son pas. Pour lui avoir faussé compagnie sans crier gare, il fallait bien qu'elle l'accompagne un peu. Juliette a besoin de s'y faire progressivement. Elle peut au moins lui parler. Ne pas avoir de réponse n'est pas si important. Il lui semble tellement être écoutée. Une sensation étrange l'habite, celle d'être à deux doigts d'établir un contact, d'avoir une réponse... Peut-être est-ce la soudaineté de l'évènement qui engendre pareille illusion ? Comme si l'échappatoire à l'inexistence pouvait résider dans la survivance de l'âme.

Les notes musicales de l'avertisseur de la porte d'entrée interrompent son égarement. Les bras de Diane passés autour de son cou, mèches blondes et brunes mêlées, Juliette ne peut plus retenir ses larmes. Depuis l'enfance, elle partage tout avec son amie. Leur amitié n'a fait que se renforcer au fil des années de collège puis de lycée et tout naturellement elles ont choisi d'entrer toutes deux à l'Institut en Soins Infirmiers.

- Nous avons fait aussi vite que possible.

Pauline Boissier pousse doucement les deux jeunes filles, tire la porte et passe un bras autour des épaules de Juliette. Elle imagine le désarroi dans lequel doit se débattre l'amie de sa fille. Elle voudrait tellement pouvoir l'alléger un peu. Lui permettre de commencer à comprendre que c'est d'avoir mis de la vie dans sa vie qui est important, puisque la mort y est inscrite depuis le premier jour. Être mère amène à intégrer cette évidence, mais n'empêche pas qu'elle constitue pourtant la plus laborieuse acquisition intellectuelle qui soit.

On peut imaginer que pour un jeune ce soit inconcevable. Sa révolte prime, il n'y voit que de l'injustice. Être entouré des proches que l'on aime, qui ont toujours été présents, est considéré comme normal, devient même constitutif d'une forme d'invincibilité. La survenue soudaine de la mort est une brutalité qui échappe à l'entendement.

- Tu tiendras le coup, ma chérie ?

- Tant que j'avais à faire, ça allait, mais maintenant je coule… Cela fait du bien que vous soyez là. Vous voulez la voir ? Elle est sur son lit. On dirait qu'elle dort.

Juliette a pris Diane par la main. Dans la chambre à la tapisserie passée, la lampe de chevet éclaire d'une douce lumière le visage de madame Régnier. Sa robe fleurit le dessus-de-lit en satinette verte. Il ne fait aucun doute qu'elle était une grand-mère dynamique, gaie et attentive !

Pauline garde pour elle ses réflexions. Outre ces qualités, il lui avait certainement fallu beaucoup de générosité pour élever seule une petite-fille aussi inattendue.

Elle se tient en retrait, assaillie par ses pensées et les souvenirs qui se rattachent aux circonstances ayant mené à cette situation peu commune. Elle qui n'aurait confié l'éducation de ses enfants à personne imagine que Florence n'avait pas le choix. Se retrouver enceinte à dix-huit ans alors qu'on n'a pas de famille et qu'on projette de devenir comédienne, quel coup dur ! Sans aide, un tel avenir aurait été impossible. Du reste, la notoriété gagnée sur les planches a prouvé que l'actrice en herbe d'alors avait eu raison de s'accrocher à son rêve.

Sa fille a ainsi grandi dans un paisible quartier de Montigny-lès-Metz, menant hier encore, une vie tout ce qu'il y a de paisible et bien réglé dans la maison du quartier des Friches.

Sauf que quelques heures ont suffi pour que l'harmonie soit rompue.

- Et dire qu'elle n'avait personne auprès d'elle. Je n'étais même pas là ! Pas une seconde je n'avais eu le moindre doute concernant sa santé ! Je m'en veux de n'avoir pas su faire attention à elle. Et même ce matin j'ai tout enchaîné à la va-vite et je l'ai embrassée au vol. Je ne me suis même pas retournée pour lui faire signe comme je l'avais si longtemps fait pour lui faire plaisir. J'étais agacée qu'elle continue à me considérer comme une gamine. Maintenant, je me trouve tellement nulle ! J'aimerais lui parler. J'ai tant de choses à lui dire. Vous croyez qu'elle peut m'entendre ? Avant votre arrivée, quand j'étais seule avec elle, j'avais l'impression qu'elle m'écoutait. J'en arrivais même à croire qu'elle allait me répondre…

- Certaines personnes prétendent avoir vécu cela, en particulier durant la période que tu traverses, celle où l'âme de la personne n'aurait, disent-ils, pas encore quitté le monde des vivants. Dis-toi que pour ta grand-mère aussi le départ a été précipité. Elle aurait certainement voulu avoir le temps de te confier à quel point tu comptais pour elle et combien elle t'aimait.

Je suis sûre qu'elle est proche de toi. Elle semble si attentive…

Pauline a ouvert ses bras tout en parlant et berce doucement la jeune fille jusqu'à ce qu'elle relève la tête.

- C'est mieux avec la petite lampe allumée, non ? La voisine voulait des bougies, mais je n'ai pas cédé, ça faisait trop glauque. Là on dirait que Mamina s'est juste endormie. Demain, Flo sera là pour l'arrivée des Pompes Funèbres. Ils sont passés pour les soins de conservation permettant de la garder pour une veillée à domicile. Mamina avait tout prévu, vous savez et je dois reconnaître que cela m'a facilité les choses, je n'ai eu qu'à appeler le numéro qu'elle avait noté à cette intention. Elle avait trouvé amusant de faire son choix et m'avait décrété que cela relevait de sa responsabilité et de sa décision. Elle avait de ces idées, parfois !

- Et son fils ? As-tu réussi à le prévenir ? Savais-tu où il naviguait ?

- J'ai envoyé un télégramme. Son bateau était au large d'Oman. J'espère qu'il aura pu être débarqué et prendre un avion. Quelle drôle de famille nous allons faire ! Un père que je n'ai vu qu'une fois, une mère qui ne m'a pas élevée et moi, la fille de personne puisque celle qui était la mienne est morte !

- Ta grand-mère ne voudrait pas que tu parles ainsi, gronde doucement Pauline. Les adultes ont leurs secrets. Si on savait tout peut-être comprendrait-on. En tout cas, tu peux compter sur nous. Nous veillerons cette nuit et ne te quitterons que lorsque Florence sera là.

- Et pour commencer, je m'occupe de toi, annonce Diane ! C'est comme si Mamina me l'avait demandé, aucune objection n'est acceptée ! Je te fais couler un bain, nous grignoterons un petit quelque chose puis tu iras dormir un peu.

Juliette avait abdiqué sans résistance. Depuis que la directrice de l'Institut l'avait fait appeler en urgence dans son bureau, son univers avait viré au cauchemar. Assumer le choc puis les premières démarches dans une si grande solitude l'avaient glacée. Elle claquait des dents en se couchant. Diane lui avait assuré que c'était normal, avait rajouté un édredon et laissé la porte entrebâillée. Les voix qui lui parvenaient par bribes, feutraient la nuit. Dans la chambre contiguë, Mamina reposait. Ce sommeil-là serait sans fin.

Il allait falloir vivre seule.

Face à Flo et Alain.

2. BOULEVERSEMENTS

- C'est la place de Mamina !

A son réveil, Juliette avait trouvé Flo dans la cuisine. Elle avait dû prendre la route de suite pour avoir été là si vite. Devant la maison, son cabriolet décapotable accrochait le regard. Sa valise n'avait pas bougé de l'entrée, mais son parfum flottait déjà dans le salon. Élégante, parfaite dans le rôle de la mère attentionnée, elle s'affairait. La cafetière italienne sifflait, une coupole mousseuse gonflait la casserole de lait, les tranches sautaient dans le grille-pain, deux bols lisérés de bleu trônaient sur la table. Sans un geste vers sa mère, Juliette se dirigea vers la place face à la fenêtre, saisit l'un d'eux pour le déplacer au centre du petit côté, comme l'autre.

Flo s'était excusée. Elle était fatiguée, elle avait de la peine et se posait mille questions. Elle imaginait le désarroi de sa fille, appréhendait sa propre inexpérience. Sa vie de comédienne était si particulière, tellement aux antipodes de celle dans laquelle évoluait Juliette ! Depuis le jour où elle avait accepté que le bébé qu'elle portait soit élevé par la mère d'Alain, elle s'était effacée. Pleine de reconnaissance, elle s'était consacrée à ses cours, à ses premiers rôles. Les années passant, elle avait réalisé que le scénario devenait irréversible, qu'il serait difficile de le retoucher. Mamina se chargeait de tout, élevait sa petite-fille comme sa propre fille. La jeune femme s'était alors étourdie de travail. Son nom s'était imprimé de plus en plus grand sur les affiches. Son enfant avait grandi, était devenue une adolescente intransigeante, une jeune fille déterminée.

Une plage s'était cependant toujours insérée à la jonction de leurs univers, un temps commun préservé, celui des vacances. Quels que soient ses engagements, l'actrice avait toujours imposé la présence de sa fille. Elle l'avait emmenée sur des lieux de prises de vues comme dans ses tournées, un peu partout en France, certaines fois à l'étranger. Il y avait toujours du mouvement autour d'elles, pas un temps mort. Elles ne discutaient guère, mais elles s'amusaient beaucoup. Juliette faisait partie de l'équipe, jouait la répétitrice ou aidait la maquilleuse. C'était un tourbillon qui les laissait étourdies, une fois l'heure de la séparation venue.

Ce matin, le petit-déjeuner prenait des allures d'affrontement. Florence ne voulut pas laisser paraître son tourment et se servit de café. S'il fallait mener démarches et hostilité de sa fille sans avoir le droit de partager sa tristesse, il était nécessaire de reprendre des forces.

Juliette s'était réfugiée derrière le rideau de ses cheveux. Elle négligea le pain grillé. Elle n'en avait rien à faire des petites attentions maternelles ! Le lait bouillant fit fondre la poudre de chocolat. Le breuvage avait une vague amertume de remords. Comment Flo aurait-elle pu savoir. Il aurait fallu qu'elle ait vécu ici. C'est à cette place, face à la fenêtre d'où elle embrassait le jardin, que Mamina prenait plaisir à démarrer ses journées. Elle y suivait l'avancée des saisons, la succession des floraisons, le résultat conjugué de ses efforts et de la force de la nature. Occuper sa chaise eut été sacrilège. Décidément, non, Juliette ne laisserait pas gommer les marques de son existence !

Florence essayait de rattraper son involontaire maladresse. Elle parlait du choc que lui avait causé le coup de fil de la veille, s'étonnait de la soudaineté des évènements, évoquait le dynamisme de la vieille dame. Pouvait-on prévoir un tel accident ? Elle n'arrêtait pas de parler, félicitait sa fille de son sang-froid, se réjouissait de la présence de Diane et de sa mère, qu'elle avait trouvées à son arrivée.
- Figure-toi que j'ai connu Pauline. C'est elle qui me l'a rappelé. Nous n'étions pas dans la même classe, mais nous avions la même prof de français. Nous avions joué L'École des Femmes. Je la revois très bien. Elle avait incarné une Georgette tellement dynamique !
- Et tu étais Agnès, bien sûr ! Écoute, Flo, je ne trouve pas que ce soit le moment. Je voudrais aller auprès de Mamina et il y a encore beaucoup de choses dont il faut s'occuper. Je vais m'habiller.
L'interruption péremptoire avait porté. Florence accusait le coup. Elle avait décidément du mal à trouver le ton. Elle se savait trop exubérante. Dans le monde du spectacle, c'était plutôt un atout de ne pas

passer inaperçue. Aux yeux de sa fille, qui prenait le moindre événement tellement au sérieux, c'était une autre affaire. Parfois, c'était l'inversion des rôles, la plus jeune des deux regardant l'autre avec incompréhension et reproche. Son apparente insouciance, c'était pourtant sur bien des drames que Florence l'avait construite. Elle avait appris à cacher sa tristesse, à laisser fuser son côté fantasque pour donner le change. Les autres ne demandaient pas mieux, mal à l'aise dans le genre larmoyant. Il n'y avait que sa fille pour lui faire sentir cette carapace comme pesante. Aujourd'hui plus que jamais. Parce que prise dans son chagrin Juliette allait s'en élaborer une à son tour. Comment imaginer alors un dialogue avec tous les non-dits accumulés ?

En s'approchant du lit, Juliette avait trouvé le visage de sa grand-mère si apaisé qu'elle lui avait souri. Elle avait l'impression d'être attendue et avait spontanément repris le dialogue de la veille.

- Bonjour Mamina ! Je suis contente de te retrouver. Tu m'entends, n'est-ce pas ? Parce que j'ai tant de choses à te confier, tu sais. Tu ne peux pas me laisser comme ça, il me faut un peu de temps. Flo a dû passer te voir. Elle n'est pas en visite cette fois, figure-toi qu'elle fait comme chez elle ! Elle allait même s'installer à ta place ce matin ! Je suis intervenue parce que tu es encore ici chez toi, n'est-ce pas ? Tu l'entends qui téléphone ? Elle ne peut jamais se poser quelque part. Un pied ici, un autre déjà prêt à aller ailleurs. Elle me fatigue. Je me demande ce que nous avons en commun. C'est de toi que je tiens, tu ne crois pas ?

- Allons, petite fille, calmons-nous ! Florence a dû faire des prouesses pour être là. Ne sois pas injuste. Tu ne sais pas tout, je ne l'ai jamais voulu. Et maintenant, j'ai peur que tu ne saches pas écouter. Il va te falloir être plus réceptive, tu sais, moins entière. Alain va arriver et tout te dire, lui. Forcément. Pour lui, c'est devenu indispensable. Et mon grand n'est ni conciliant, ni diplomate. Ton grand-père, que tu n'as pas connu, disait que je le protégeais trop. Avec toi, je crains d'avoir recommencé... Bien sûr que ta mère est venue me parler. Nous avons beaucoup d'affection l'une pour l'autre et elle m'avait fait un si beau cadeau avec ta naissance ! J'avais spontanément proposé de t'élever,

encore une fois pour assumer ce qu'Alain refusait. Beaucoup ont pensé que c'était par dévouement. Pour être sincère, que pouvait-il m'arriver de mieux après la mort de mon mari ? Mes deux enfants avaient quitté la maison, avec toi, tout reprenait un sens. Je me suis senti rajeunir, je me persuadais de n'être que la grand-mère, mais je me suis comportée comme si tu étais ma petite dernière. Quand est survenue la mort accidentelle de ma fille, je me suis accrochée à ta présence comme à une bouée. De cela non plus, je ne parlais pas. Tu allais vers tes six ans. Florence devait te prendre auprès d'elle à la rentrée scolaire suivante. Elle m'assurait qu'elle y arriverait, qu'elle t'installait un coin bien à toi dans son duplex, qu'à Paris on trouvait sans peine des étudiants très bien pour garder les enfants. Nous aurions inversé les rôles, les périodes de vacances seraient devenues mon temps à moi.

Et puis Marianne s'est tuée. Quels jours affreux nous avons traversés ! Elle était si gaie, si exubérante, t'en souviens-tu de Marianne ? Florence n'a pas voulu ajouter ton départ à ma peine. Elle a accepté de repousser son projet et t'a laissée auprès de moi. C'était tout de même plus raisonnable. Cela aurait été si compliqué pour elle. Face à mes *réticences, par la suite, elle n'a plus insisté. Le temps est venu pour moi de retrouver ma fille et ton grand-père. Ils m'attendent. Ils me disent de me hâter, car je n'ai plus beaucoup de temps. Hier, vois-tu, je me sentais encore dans mon corps sans plus pouvoir le bouger. Aujourd'hui, je le regarde, et c'est comme si j'en étais détachée.*

D'un moment à l'autre, je vais passer de l'autre côté.

- Mamina, j'ai peur de ce qui m'attend sans toi. Je devine ce que tu dirais. Tu me parlerais sûrement des qualités de Flo. Elle est entreprenante, elle est toujours de bonne humeur, elle ne se laisse jamais aller, elle ne m'impose pas ses goûts, la vie qu'elle mène est passionnante…Tu aurais raison. Mais avoue qu'elle s'est bien peu préoccupée de moi. Je n'étais que son enfant des vacances, une sorte de petite sœur qu'on emmène pour l'agrément. Pour tout le reste, elle comptait sur toi. Tu lui as bien facilité sa carrière !

- Entends-moi, voyons, petite mule ! Comment te faire passer le message ? J'ai été bien inconséquente de penser que j'avais le temps d'attendre le moment propice. Tu posais si peu de questions, tu prenais les

choses avec tellement de naturel... Tu dois faire confiance à ta mère. Depuis toujours, elle a placé ton intérêt avant le sien. Il n'en va pas de même pour mon fils, malheureusement. A l'époque, je lui trouvais toutes les excuses. Je le pensais trop jeune pour être père, trop jeune pour assumer une famille, je ne voulais rien lui imposer. Florence avait le même âge et venait de perdre sa mère. Mon Alain la connaissait depuis longtemps. J'avais l'impression qu'il l'aimait bien. J'espérais que pour elle il renoncerait à la Marine. Et puis surtout, je les croyais raisonnables. Je m'étais trompée sur toute la ligne.

- Tu vois, Mamina, je n'en ai jamais parlé avec toi. Pour rien au monde je n'aurais voulu te faire de la peine ou te donner à penser que j'étais malheureuse avec toi. Mais j'aurais tant aimé vivre avec elle. Je m'en fichais bien que ce soit petit ! J'aurais enfin eu ma maman ! Moi, jamais je n'aurais laissé mon enfant, jamais je n'aurais pu m'en séparer. En pédiatrie, quand je prends un petit malade dans mes bras, je suis tellement émue de le sentir si fragile, si menacé et si confiant à la fois, alors que je n'ai pas de lien avec lui !

- Jamais je n'aurais imaginé, tu me désarçonnes complètement. J'étais tellement persuadée que tu me disais tout... Maintenant, je n'ai plus le choix, le moment est venu. Je m'efface, par la force des choses, un peu tôt pour mon goût... Le destin déploie une espèce de force inexorable qui conduit les évènements à se renouveler. Florence avait sensiblement ton âge quand sa mère l'a laissée. Toi, tu as la tienne. C'est à elle que je te confie, si je peux dire, car il est bien temps d'inverser les rôles. Je sais qu'elle est assez forte pour ce qui va suivre et je ne doute pas de sa générosité. Peut-être n'est-il pas trop tard ? Ce sont tes réactions qui m'inquiètent. Tu as tant d'exigences vis-à-vis des autres !

- Mamina ? C'est fou, cette impression que tu es là ! Ça fait du bien de te raconter. C'est tellement dingue ce qui nous arrive. Ah, on sonne. Ce doivent être les vautours qui viennent mettre en place leur scénario. Il faut que j'y aille.

Juliette dépose un baiser sur la joue de sa grand-mère. Spontanément, comme elle l'aurait fait auparavant. Mais, la sentir si froide la fait frissonner. La veille, la peau était à peine fraîche sous ses lèvres, comme au retour d'une promenade hivernale. Encore souple aussi. En quelques heures, la vie s'est évanouie. Il ne restera bientôt plus qu'un corps inhabité. Elle a pourtant ressenti l'esquisse d'un dialogue, comme des ondes, d'informelles réponses... C'était confus, comme brouillé, parvenant de très loin et tout parasité par les vibrations de ses émotions. Pas sous la forme du langage des vivants. Mais tellement concret qu'elle pourrait en jurer !

Il n'allait bientôt plus être possible de réfuter sa mort. Mamina allait disparaître dans une boîte infâme, ridiculement matelassée de satin. Juliette n'imaginait pas que cela puisse être aussi révoltant. Les actes du quotidien qui se poursuivaient lui paraissaient sacrilèges.

Le tourbillon des démarches matérielles l'avait finalement anesthésiée, laissant peu de place aux émotions. Florence avait multiplié les appels téléphoniques, s'était chargée de la rédaction des faire-part, de la préparation de la cérémonie, avait commandé une gerbe en leurs noms à toutes les deux. La jeune fille n'avait pas protesté. Mais alors Alain, dans tout cela ? Un laconique télégramme en provenance de

Mascate avait juste confirmé son retour. Au moins, avec lui, on apprenait la géographie… Arriverait-il à temps ? N'aurait-il pas fallu le nommer sur le ruban de la gerbe ?

Quelles étaient les relations de ses parents ? Elle ne se souvenait pas de les avoir vus ensemble. Enfant, elle avait longtemps imaginé qu'ils avaient des rapports en dehors de sa présence, au moins de temps en temps. Ne vivant pas avec eux, elle ne se sentait même pas concernée. Elle n'avait aucune notion de ce que pouvait être un père. Pour elle, Alain naviguait à longueur d'année. Il ne lui était donc pas possible d'avoir une vie de famille. Du reste, elle n'avait le souvenir que d'une rencontre avec cet homme invisible. Ce devait être au moment des obsèques de tante Marianne. Un géant inconnu qui lui avait serré la main ! Il n'imaginait apparemment pas qu'on puisse embrasser les enfants et l'avait terriblement impressionnée. Peut-être ne savait-il pas qui elle était ? Elle avait eu si peur d'attirer son attention et de le fâcher qu'elle s'était cachée pour ne pas avoir à lui dire au revoir. Par la suite, elle avait supposé une mésentente suivie d'une séparation. Sans que cela lui paraisse extraordinaire. Dans sa classe, plusieurs élèves avaient des parents séparés ou divorcés. Ces enfants-là s'en accommodaient, prenaient des airs blasés.

Elle en avait fait autant. Mamina avait l'art de gérer tout, sans jamais évoquer la question. Ce sujet, catalogué tabou sans avoir été abordé, ne suscitait ni commentaire ni amertume. Il avait d'emblée été dédramatisé et vécu comme une norme.

Le dernier moment que Juliette pouvait passer au côté de sa grand-mère était arrivé. Les hommes en noir allaient arriver et la faire disparaître. Son visage était si serein, pourtant…

- C'est le moment de nous dire adieu, cette fois. Où veux-tu que je trouve ce courage-là ? Je t'entends dire qu'il faut continuer et qu'il me reste Flo… Inutile de me le seriner. Mais tu la connais. Dans le genre mère, tu avoueras qu'on fait mieux. Toi, tu étais toujours là et maintenant je suis toute seule !

- Comme je t'ai aimée, ma chérie ! Je te quitte sans avoir eu le temps de te parler. Pardonne-moi. Bien

que je m'en aille, je serai constamment près de toi. Il doit bien y avoir un peu de vrai dans ce que l'on raconte de l'au-delà.

- Mamina, je t'en prie, aide-moi ! Flo fait des allusions que je ne comprends pas. Hier soir, nous avons eu une drôle de discussion. Elle a parlé d'Alain, de son arrivée, qu'il faudrait s'arranger pour ne pas le gêner, qu'il aurait peut-être des choses à nous dire. Ça ne me paraissait pas trop étrange, jusqu'à ce qu'elle prenne sa voix de velours, tu sais, quand elle t'enrobe pour que tu ne la devines pas, l'air de ne pas y toucher. Elle m'a demandé si nous avions eu une conversation particulière, toi et moi. Pourquoi ça, particulière ? Comme s'il y avait eu des secrets entre nous deux ! Et bien sûr, elle en est restée là. Ça veut dire quoi, ces sous-entendus ?

- Je ne peux plus, je ne m'entends même plus.

Ton grand-père, Marianne, mes parents aussi.

Mon Dieu, les retrouver tous... Il est temps.

- Mamina ? Qu'est-ce qui se trame avec l'arrivée d'Alain ?

- C'est à eux de te parler maintenant.

Adieu, ma petite Asiate...

Quand Florence était entrée dans la chambre, elle avait trouvé Juliette décomposée. Elle avait retenu une folle envie de la prendre dans ses bras, renoncé à l'espoir de lui prodiguer un peu de cette tendresse qu'elle camouflait depuis toujours. Elle la devinait cabrée, méfiante, barricadée dans sa souffrance. Peut-être valait-il mieux lui laisser toutes ses défenses pour affronter les rudes heures qui les attendaient ? D'expérience, elle savait qu'il fallait de la force pour supporter le frottement du couvercle qui glisse et recouvre le corps, le grincement des boulons qui mordent le bois, l'emprisonnement du corps qu'on imagine ballotté entre les parois capitonnées.

Il avait fallu le subir doublement. Au dernier tour de vis, Alain avait surgi. Il avait exigé que soit rouvert le cercueil. C'était son droit et il avait eu raison. Son costume froissé témoignait des innombrables heures passées en avion, son visage était gris sous le hâle. Sa main avait tremblé en caressant le visage de sa mère. D'un geste las, il avait enfin validé le travail des employés des pompes funèbres. Et sur un simple signe adressé à Florence et Juliette, il avait pris la tête du deuil.

Dès le lendemain des obsèques, un vendredi, l'étudiante était retournée à ses cours. Il était temps. Des contrôles étaient planifiés quinze jours plus tard et il allait falloir mettre les bouchées doubles. Ce surcroît de travail était le bienvenu. Un emploi du temps chargé, lui donnerait une échappatoire

- Tu pourrais venir à la maison demain après-midi. On verrait cela ensemble, avait proposé Diane en lui remettant les photocopies des notes prises depuis le début de la semaine.

Juliette ne demandait pas mieux. La maison des Boissier, au flanc du Saint-Quentin, était un havre. Quoique à vrai dire, mieux valait parler d'une marmite bouillonnante de musique, de chahuts et de rires. On y était bousculé par le rythme donné par les cinq enfants, mais comme on s'y sentait bien ! La perspective de passer un après-midi à l'écart de la cohabitation instaurée rue de l'Oseraie lui apporta une bouffée d'oxygène.

Trouver sa place, maintenant, dans la maison de Mamina s'avérait difficile. Personne, heureusement, n'avait touché à sa chambre.

Pourtant l'absence s'inscrivait inexorablement dans le quotidien. Les senteurs fleuries de son eau de toilette s'étaient évaporées. L'odeur de café mêlée à celle du pain grillé ne flottait plus dans la cuisine, le matin. Les petits fauteuils du salon avaient été poussés vers la fenêtre. L'espace n'était pas tel qu'on puisse s'éviter facilement et cependant chacun s'ingéniait à le faire. Depuis l'épisode du premier petit-déjeuner, Florence n'avait plus cherché de partage avec sa fille.

Au retour du cimetière, Alain avait disparu dans sa chambre. Y avait-il dormi ? Avait-il égrené ses souvenirs au milieu des maquettes de bateaux ? Durant son enfance, il était arrivé à Juliette de monter dans la grande pièce sous les combles, tandis que sa grand-mère y faisait le ménage. Le plumeau caressant les voiles d'une galiote, la coque d'un remorqueur, les ponts d'un paquebot faisait naître des voyages imaginaires. Quels étaient donc les rapports unissant ce fils à sa mère ? Il fallait bien admettre que sa peine semblait sincère, qu'il avait même probablement pleuré. Il était descendu en fin de journée pour partir à grandes enjambées sous la pluie, sans dire un mot. Rentré vers minuit, il avait déambulé comme un fauve en cage. Sans une pensée pour leur sommeil. Se croyait-il sur le pont de son navire ?

Dans la salle de bains exiguë, entre l'envahissement des pots, flacons et brosses de l'une et l'apparition incongrue de rasoirs, blaireau et crème à raser de l'autre, Juliette ne savait plus où poser brosse à dents et séchoir. C'était clair, elle avait l'impression de gêner. La maison qui avait si longtemps été son chez elle redevenait la maison d'Alain, où elle n'avait rien à faire. C'était même à croire qu'on souhaitait le lui faire sentir. Peut-être même la pousser à déguerpir ? Florence n'était qu'en visite. Installée dans le salon, dormant sur le canapé, travaillant son rôle dès le matin, donnant et recevant d'innombrables appels téléphoniques le reste du temps. Son départ ne pourrait être longtemps différé.

Rester là allait devenir impossible, elle en était de plus en plus convaincue. L'idée de quitter la maison où elle avait grandi, où elle avait été si heureuse avec sa grand-mère la glaçait. Mais rester dans l'incertitude, attendre et subir était pire. Il allait bien falloir que sa drôle de famille aborde le sujet.

Très vite. Ou bien ce serait elle qui l'entamerait, cette fichue discussion.

3. LE REVOLUTIONNAIRE DU CHALET

Sur le chemin en surplomb du canal, le vent bouscule tout ce qu'il rencontre. Dans sa hâte à fuir la bourrasque, un grand chien roux ébouriffé contraint son maître à descendre les marches quatre à quatre. Il manque faire tomber Juliette. L'homme vacille sur une jambe, se rattrape de justesse et grommelle avant de franchir la route à bout de laisse pour s'engouffrer dans la rue la plus proche. Deux mouettes soulevées par une rafale réchappent d'un tête-à-queue, s'offusquent en criaillant avant de se poser en tanguant sur la berge. L'horizon éclate de couleurs insensées. L'orangé flambe sur un bleu dur, une traînée de violet souligne un blanc vide tandis qu'une légère écharpe rose est tailladée d'acier.

Juliette a couru comme une folle. Mais de quel droit Florence se mêle-t-elle de ses choix ? Réfléchir avec elle à son avenir, ce serait une première ! Un peu facile de jouer les mères sur le tard ! Et ces airs tragiques qu'elle prend sans vouloir s'expliquer. La vérité, c'est qu'elle la considère toujours comme la gamine qu'elle laissait à Mamina. Avant de claquer la porte, elle a crié ce qu'elle a sur le cœur, qu'un enfant n'est pas un paquet qu'on laisse à la consigne avec le mode d'emploi épinglé dessus !

Le vent a fait le vide. Il joue maintenant avec elle. Il la porte ou la freine, la pousse sur quelques mètres puis la plaque et l'immobilise. Elle se laisse ballotter, lutte avec lui pour s'abandonner ensuite. En contrebas, tranquille, le canal se prend des rides.

- Géant, hein, mademoiselle Bébé ?

Il n'y a que Théo pour l'appeler ainsi…

- Je t'ai aperçue du pont. Ton vieux baby-sitter n'allait pas te laisser te promener sans chevalier servent à la tombée de la nuit !

Il était bien le seul à pouvoir la faire sourire aujourd'hui. Mamina ne l'avait pas souvent confiée au fils de ses voisins, mais la petite fille avait adoré ces moments-là. Théo traversait la haie, la juchait sur ses épaules et le temps passait trop vite en galopades émaillées des aventures ahurissantes d'un graoully facétieux et très gentil. Plus tard, lors d'une sortie de classe à la cathédrale, elle s'était insurgée à la présentation du stupide monstre cartonné suspendu dans la crypte et avait beaucoup amusé sa maîtresse par des épisodes qui démentaient la légende messine.

Un jour, embusquée entre les troènes, elle avait assisté à un défilé hétéroclite d'objets sortis de la maison voisine pour être entassés dans un énorme camion. Elle avait ainsi appris ce qu'était un déménagement. De toute façon, tu n'as plus l'âge d'être gardée, avait fait remarquer Théo en lui suspendant des cerises aux oreilles. La maison d'à côté était restée fermée quelque temps, puis un autre gros camion avait déversé un nouveau cortège de meubles et cartons. Dès lors, Munch la pipelette avait trompé son ennui derrière des rideaux de dentelle. La haie s'était épaissie et bientôt refermée.

- Un café bien chaud, ça te dirait ? Théo passe son bras autour des épaules de Juliette et ajoute doucement : je viens seulement d'apprendre, pour ta grand-mère. Puis il lui remonte la fermeture éclair de son blouson jusqu'au menton. En route pour l'autre rive ! Je viens d'acheter un méga bocal de Nes, lyophilisé, s'il te plaît ! Du nanan à l'ouverture, tu vas m'en dire des nouvelles !

Ils pressent le pas car un déferlement de lourds nuages sombres déboule de l'horizon. Depuis la route, juste avant le pont des Bateliers, un chemin bascule par surprise pour dégringoler dans un monde à part. Une voie truffée d'ornières borde une langue de terre oubliée des lotisseurs, coincée entre l'eau du canal et le talus de l'autoroute. De petits abris s'y alignent marquant chaque parcelle des rêves de son occupant. En hiver, tout semble abandonné. Mais dès les premiers beaux jours, les lopins de terre s'animent. Avec les semis et les premiers bourgeons, les abris s'entrouvrent. Réchauffés par le soleil, ils sortent progressivement de leur hébétude hivernale. Une profusion de fleurs et de cultures maraîchères tapisse les lopins de terre, frangés de corolles de parasols et de mobiliers de camping. Tout le monde s'y connaît, se salue, s'interpelle. Quand le soleil décline, les barbecues improvisés s'allument et bientôt l'odeur des saucisses grillées s'impose.

On s'autorise alors à ranger les outils, on sort les boules de pétanque en gardant l'œil sur les enfants qui courent et rient jusqu'à la nuit. A la barbe des automobilistes stressés, les jardins ouvriers se dotent de langueurs méridionales. Paisiblement, à la fraîcheur de l'ombrage et de l'eau, les gens d'ici font de leurs installations de fortune, de vrais cabanons de villégiature aux antipodes de leurs tracas.

A leur départ, les parents de Théo avaient négligé ce bout de terrain. C'est là qu'il avait fini par échouer, en pleine galère, improvisant provisoirement un gîte dans le chalet en réduction. Quand Juliette l'y avait retrouvé par hasard avec Diane, elle était restée abasourdie. Elle n'imaginait pas qu'on puisse vivre dans un pareil dénuement.

« Quelle déchéance, ce garçon mène une vie de clochard alors qu'il avait tout en mains pour réussir ! » Pour Mamina comme pour les gens du quartier, démissionner d'un poste d'enseignant, en philosophie qui plus est, constituait un acte manifestement révolutionnaire. Où cela pouvait-il s'arrêter ? On voyait bien où cela l'avait mené ! Le voisinage avait jugé et condamné d'emblée, récusant tout en bloc. Juliette avait renoncé à argumenter.

Pour l'heure, le révolutionnaire s'affairait sur un petit poêle en fonte. Il y engouffrait une grosse bûche, tournait la clé pour augmenter le tirage, refermait la porte noircie. Déjà la bouilloire était en place sur le foyer.

- L'avantage d'un petit logement, c'est qu'on le réchauffe avec peu de chose, tu vois. Ce modèle fait un malheur en Roumanie, paraît-il. Un seul rondin pour tenir ton feu toute une nuit !

Depuis ce qu'il appelle sa reconversion, Théo vit d'un modeste revenu de porteur de journaux. Comme il n'a pas d'électricité et s'éclaire d'une lampe à gaz, il organise son emploi du temps en fonction de la lumière du jour. Très tôt, il glisse le quotidien local dans les boîtes aux lettres de sa tournée. Il cultive les quelques ares de terrain attenants, crayonne souvent dans un carnet de croquis. Et à toutes les heures d'ouverture de la médiathèque il s'installe dans la grande salle calme. Il y travaille à d'inlassables recherches, compulsant les ouvrages, remplissant méthodiquement de notes des cahiers entiers, traquant les mots justes pour un essai sur lequel il se tait. Sa participation à une bibliothèque de rue, par contre, est le seul point sur lequel il est intarissable, celui qui est son lien avec Diane.

Alerté par le sifflement de la bouilloire, Théo remplit les chopes qu'il a extraites de son unique rangement, un minuscule buffet dont ne subsiste que la partie inférieure. Y voisinent en rangs serrés un peu de vaisselle, ses provisions, de gros dossiers à sangles et quelques fournitures.

- Si Mamina jette un œil de là-haut, elle doit être épatée que tout soit bien rangé, commente Juliette.

- Merci, mademoiselle !

- Je me demande comment tu fais. Si tu voyais tous nos placards et armoires pleins !

- Faut croire qu'on est adaptatif une fois qu'on s'est désencombré de tout superflu. Ci-gît l'indispensable, déclare-t-il avec emphase.

Un large geste désigne le divan, une petite table de jardin, une chaise, deux tabourets et un réchaud. Une caresse à sa barbe et un rire.

Somme toute, ce qui est essentiel pour vivre se limite à peu de chose.

- Quand même, réplique Juliette, faut pouvoir. Tu n'as jamais regretté ?

- Regretter n'est d'aucune utilité. Tout ce qui importe, c'est de comprendre pourquoi on a agi. Pourquoi, à un moment donné, continuer était devenu irréalisable. C'est le passage obligé pour s'en sortir. Ça bouffe du temps et de l'énergie, qu'on s'appuie sur la philosophie ou pas. Mais je suis intimement persuadé que liberté de pensée et liberté d'action ne font pas bon ménage avec la vie de château !

S'il ne dessinait pas des femmes très belles mais étranges, sans regard, qui semblent toujours prêtes à disparaître, on pourrait le croire heureux, se dit Juliette. Jamais elle n'a eu l'occasion d'en parler et ne le fera pas. A sa place elle n'aimerait pas. S'il le veut, il en choisira le moment quand il l'estimera venu. Il y a déjà tellement de gens qui s'imaginent devoir s'occuper d'affaires qui ne les regardent en rien. Des siennes, par exemple. Florence et ses manœuvres pour l'amadouer… A quoi cela rime-t-il donc ?

Le regard insistant de son hôte la ramène à un choix simple :

- Sucre ou pas ?

Bienheureuses soient les choses anodines qui feutrent les moments difficiles. Deux, elle en prendra bien deux. Ne se rappelle-t-il pas qu'elle a toujours eu un faible pour ce qui est doux ? Et de la douceur, il faut tellement qu'elle s'en passe maintenant, que dans sa tasse, pas question !

- Tu es arrivé à pic. J'étais vraiment hors de moi. Tout va de travers depuis que Mamina n'est plus là. Florence est complètement à côté de la plaque ! Ce n'est pas nouveau pour moi, mais en plus, il y a Alain. Je le craignais déjà avant, je me demande pourquoi d'ailleurs. Je ne le connaissais pour ainsi dire pas. Mais de le savoir dans la maison, c'est l'horreur. Ils ignorent tout de la façon dont on y vivait toutes les deux. Ils bousculent nos affaires, ne remettent pas les choses à leur place, effacent chaque jour quelque chose. Bientôt, ce ne sera même plus sa maison et en tout cas, ce n'est plus chez moi !

- Allons Juliette, ils ne peuvent pas savoir. Toi,

tu partageais la vie de ta grand-mère, c'est autre chose. Eux, ils essaient de faire au mieux, j'en suis sûr. Je les connaissais bien, tu sais. Alain surtout. Il avait quatre ans de plus que moi mais cela ne nous empêchait pas de nous entendre comme larrons en foire. J'ai passé des après-midis entiers à assembler des maquettes avec lui. Je l'ai toujours connu empli de cette passion ! C'est bien qu'il l'ait réalisée. Il n'était pas fait pour rester à terre.

- En fait, dans cette famille, chacun fonctionne selon ses aspirations personnelles ! Y'en a un qui est fou de la mer et hop, il part naviguer. Y'en a une qui est dingue de théâtre et pouf, elle grimpe sur scène. Alors, le petit paquet qui encombre, qui aurait fait dérailler les rêves, où pourrait-on bien le larguer ? Allez, en consigne rue de l'Oseraie et on déchire le ticket ! Facile, tout ça ! Ce qui m'échappe, c'est que Mamina ait trouvé tout cela normal.

Juliette s'emporte, submergée par la tension accumulée et son chagrin trop lourd. L'angoisse l'envahit, lui enserre la poitrine et l'empêche de trouver son souffle. Elle la tient depuis cet affreux matin où le temps lui a échappé, celui où elle était protégée, sûre d'être aimée.

- T'a-t-elle jamais donné l'impression de subir quoi que ce soit ? As-tu une seule fois entendu un reproche à l'intention de son fils ou de Florence ? J'ai la certitude que ta grand-mère a été parfaitement heureuse de t'avoir auprès d'elle. C'était si joli de l'écouter parler de toi !

Submergée de larmes, Juliette acquiesce d'un signe de tête.

Alors, tu vois bien. Comment savoir ce qui se cache derrière les actes ? C'est si complexe, la vie de chacun…

- Mais c'est la mienne aussi et je n'y pige rien !

- Il faut peut-être un peu de temps, Juliette. Tout le monde doit reconstituer ses forces, se faire à l'absence. Tu fais abstraction de leur chagrin. Mais si, ne prends pas cet air incrédule. Alain aimait sa mère et Florence avait une profonde affection pour ta grand-mère. Même si cela te paraît incroyable, ils ont de la peine, eux aussi. Adultes, on est censé mieux la gérer, mais tu ne peux pas l'ignorer.

- Je sens bien qu'il y a autre chose. Ils ne sont jamais ensemble. Tu ne vas pas me dire que c'est normal, ça aussi. Qu'est-ce qui se cache derrière tout ça ?

- En tout cas, tu as des amis sur lesquels tu peux compter. Ne l'oublie pas, élude Théo. Si je peux t'être utile à quelque chose, tu sais où me trouver, n'est-ce pas ?

Des pas qui s'approchent, deux duffle-coats qui s'encadrent dans la fenêtre, une main qui tambourine.

- Qu'est-ce que je te disais, commente Théo en ouvrant le vantail, les copains sont sur le pont.

- Salut Théo ! Enfin je te trouve, gronde Diane en s'adressant à son amie. Je me demandais ce qui t'était arrivé !

- Autant dire, ajoute Rémi, que ma chère sœur avait perdu son flegme légendaire.

- Notre rendez-vous... J'ai complètement oublié que nous devions travailler ensemble. Vraiment, je suis nulle. Désolée, je suis à côté de mes baskets, ça ne va plus du tout !

- N'exagère pas non plus, mais c'est si peu ton genre. Du coup, j'ai téléphoné chez toi et ta mère m'a semblé si inquiète qu'elle m'a fichu la trouille. Il faudrait l'appeler. Je peux le faire, si tu veux, mais on ne peut pas la laisser sans nouvelle.

- Non, tu as raison. J'ai des choses à régler avec eux de toute façon. Je ne laisserai pas pourrir la situation comme ils l'ont fait, je vais prendre les devants. Je rentre.

Quand Juliette s'est retournée sur le pas de la porte pour demander si elle pourrait être hébergée quelques jours dans la maison du Saint-Quentin, c'est d'une seule voix que le frère et la sœur ont répondu : évidemment, pas de problème !

4. REGLER LEUR COMPTE AUX MYTHES

Glisser la clef dans la serrure. Comme chaque soir, pousser la porte en claironnant Coucou, c'est moi. Mamina sortira de la cuisine et la chaleur du four lui aura empourpré le teint. Elle s'empressera, s'essuiera les mains sur un parterre d'étoffe fleurie. En riant elle remarquera que les chutes de chintz ne sont pas une bonne idée pour un tablier. Aura-t-elle préparé des gnocchis, une tarte aux pommes ? Le dîner sera délicieux et gai. Elles mêleront les cancans du quartier aux nouvelles du jour. Rien d'exceptionnel. Un simple bonheur quotidien.

Dès le seuil, des fragrances intruses s'insinuent. L'odeur de la maison s'effiloche jour après jour. Fruitée, fleurie, propre, elle était identifiable dès le seuil. Le parfum de Florence et l'eau de toilette d'Alain la masquent de plus en plus. Le petit fauteuil crapaud est investi par une longue silhouette. La jambe croisée sur l'autre se balance nerveusement tandis que le combiné téléphonique virevolte, passe d'une main à l'autre, bousculant les mèches cendrées.

Respiration bloquée, Juliette baisse les paupières. Anéantir le présent, remonter le temps. Avoir le pouvoir d'abolir la semaine qui vient de s'écouler, les circonstances, l'environnement. Rien ne se serait produit. Elle retrouverait la chevelure argentée, des pantoufles grenat, une silhouette un peu ronde. Des aiguilles cliquetteraient en faisant danser les mailles d'un tricot. Affectueux, le regard passerait au-dessus de la monture des lunettes en écaille que Mamina trouvait ridicule de remplacer puisqu'elles lui convenaient.

Quelle naïveté de songer à faire comme si. On dirait que ce ne serait pas vrai et que rien n'aurait changé… Eh bien, c'est clair, ce truc-là ne fonctionne que dans les jeux d'enfants car rien n'est plus comme avant. Exit la bienveillance de sa grand-mère, obsolète, la tendresse ! Il est grand temps de tourner la page et de faire face.

Les premiers jours, Juliette s'est acharnée à maintenir les objets à leur place. La boîte en nacre à côté du téléphone, la petite chauffeuse près du poêle, le tabouret bas devant le fauteuil crapaud et même le balai dans la remise, à droite de la porte donnant sur le jardin. Depuis que Mamina a quitté ce pavillon, rien ne correspond plus à rien. Les autres l'ont envahi, bousculent les traces du passé si proche. En admettant même qu'elle puisse un jour en supporter l'idée, sa petite-fille n'y voit plus sa place, ne s'imagine pas continuer à le considérer comme sa maison.

Il faut qu'elle trouve une autre solution, qu'elle se prenne en charge. Il faut qu'elle cesse de tourner les talons dès qu'une discussion s'amorce. Qu'elle s'assume. Qu'elle affirme sa volonté de ne pas encombrer. Qu'elle demande à être indépendante. Il ferait beau voir qu'on y trouve à redire ! N'est-ce pas le choix qu'eux ont toujours privilégié pour leur compte ?

- Enfin te voilà ! Je me faisais un souci fou, où étais-tu donc passée ?

Florence s'est vivement tournée vers sa fille dès qu'elle a eu raccroché. Des intonations incontrôlées laissent supposer une émotion sincère. Mais le maquillage impeccable, la petite robe sombre moulante à souhait, les escarpins fichés sur huit centimètres de talons, les ongles carminés sèment le doute dans l'esprit de Juliette. Inquiétude ? Bien dominée alors, avec des projets de soirée soigneusement préparés à la clef ! Elle se rebiffe instantanément et contre-attaque.

- Tu ne crois pas que tu en fais un peu trop ? Dans le rôle de la mère anxieuse, franchement, il y aurait pas mal à travailler !

Florence s'est levée. Elle rejette de la main ses cheveux en arrière. C'est toujours ainsi qu'elle manifeste son anxiété. Sa fille le sait, le remarque et regrette un peu son agressivité. Sans s'excuser cependant, c'est sur un ton plus mesuré qu'elle poursuit.

- J'ai marché le long du canal et rencontré Théo. On a bavardé chez lui autour d'un café et puis c'est tout.

- Je ne te demande pas de me rendre des comptes, Juliette. Je suis tellement contente que tu sois entourée d'amis. Mais il se trouve que Diane Boissier a téléphoné. Elle te cherchait partout et cela te ressemble si peu de manquer un rendez-vous… Enfin tout est bien, puisque tu es là. Tu devrais peut-être l'appeler, non ?

- C'est arrangé, elle est passée chez Théo.

- Ah… Tant mieux. Écoute, chérie, il faut que nous parlions, toi et moi. Avec Alain aussi. Il propose que nous allions dîner tous les trois au restaurant. Ce sera mieux. Tout le monde sait bien que je n'ai rien d'un cordon-bleu, n'est-ce pas ?

Florence s'est bien reprise, a raffermi sa voix, s'essaie à un petit rire. Ne voulant pas être en reste, Juliette se contrôle, lisse son visage. Elle peut le rendre impénétrable, quand elle veut. Sa mèche glisse sur sa joue. Elle retient pourtant le geste qui lui permettrait de s'en dégager. Il serait trop semblable à celui de sa mère. Le détail la saisit tout à coup. Lorsqu'elle était petite, elle aurait donné n'importe quoi pour une ressemblance avec cette maman qu'elle trouvait belle comme une fée. Maintenant, le seul point commun relève d'une manie idiote.

- Et pour parler, il faut s'habiller ?

Elle n'a pu s'empêcher d'ironiser. Posément, sa mère lui répond. Peut-être avec un rien d'effort, pourtant.

- Tu fais ce que tu veux. Tu sais bien que moi,

c'est dans mes habitudes. Alain a retenu à la brasserie des Arts et Métiers. Nous partirons dans trois quarts d'heure. Mais je crois qu'il vaudrait mieux que tu m'écoutes auparavant. Je voudrais te dire certaines choses. Assieds-toi. Veux-tu boire quelque chose, un jus de fruit ?

Juliette décline. C'est certain, il y a quelque chose qui se trame. Le corset d'angoisse se serre à nouveau sur le vide qui lui creuse la poitrine. Respirer devient un exercice de volonté. « Pas la peine de prendre tant de précautions, a-t-elle envie de crier, je ne vais pas vous encombrer plus longtemps » Mais non, elle va la laisser parler. Après tout, c'est à elle de prendre un peu ses responsabilités.

- Voilà. Mamina devait t'expliquer certaines choses. Nous pensions qu'elle était la mieux placée pour cela. Malheureusement, les circonstances ne l'ont pas permis et c'est à moi de le faire à sa place. Pardonne-moi si cela te semble brutal. C'est difficile et pourtant je ne vois pas comment procéder autrement. As-tu déjà eu en mains ton acte de naissance ?

Florence serre ses mains l'une dans l'autre, puis les passe l'une sur l'autre. A chaque mouvement les ongles jaillissent. Juliette ne peut en détacher son regard, comme si elle s'attendait à une blessure. En bouche lui vient un goût de sang. Elle va avoir mal. Elle le sent.

- Mon acte de naissance ? Non. Jamais. Mamina se chargeait de toute démarche. Pourquoi, j'aurais dû ?

- Tu portes le nom de Regnier, qui est le mien, poursuit sa mère. Avec un e. Il faudrait prononcer Reugnier, en somme, mais l'usage n'en tient pas compte. Ta grand-mère, elle, s'appelait Régnier, avec un e pourvu d'un accent aigu. La similitude nous avait bien amusés et rapprochés, au temps du lycée, Alain et moi ? Nous nous entendions bien. Je ne t'ai jamais beaucoup parlé de moi, mais tu sais tout de même que mon père a été tué en Algérie quand j'étais toute petite et que ma mère m'a élevée seule. A l'époque dont je veux te parler, elle était atteinte d'un cancer. J'avais tout juste dix-huit ans et c'était horrible à vivre. Alain était drôle et gentil. Il m'emmenait souvent ici après les cours ou pendant les vacances. Ce qui devait arriver arriva. J'ai réalisé que j'étais enceinte alors qu'Alain venait de partir à l'École de la Marine Marchande. Il allait naviguer des années durant pour faire aboutir son projet. Je n'avais personne à qui en parler et je voulais surtout préserver maman, si malade alors. Elle est morte quelque temps plus tard. Ta naissance approchait. Une assurance me garantissait un petit revenu et j'ai pensé pouvoir me débrouiller seule avec toi. Je n'imaginais pas tous les problèmes que cela pouvait poser. Je m'étais coupée des jeunes de mon âge, bien loin de ce genre de soucis. J'étais épuisée physiquement et moralement. Je n'avais donné aucune nouvelle à Alain, mais Mamina avait appris la mort de maman. Un jour, je l'ai vu arriver. Une vraie bonne fée, tu sais ! Ma vilaine mine, un bébé, elle a vite fait le bilan. Je n'en pouvais plus, j'ai craqué et raconté. Le soir même, elle nous installait toi et moi rue de l'Oseraie. Elle m'a remontée à sa façon, à coups de petits plats, de confitures du jardin, de gâteries et de longues nuits de sommeil. A compter de cet instant, elle a été là à tout moment. Une fois que j'ai eu surmonté cette anémie post-natale qui m'avait anéantie, nous avons longuement parlé. C'est elle qui m'a poussée à m'inscrire au cours Simon dont je rêvais depuis des années, m'assurant qu'elle s'occuperait de toi jusqu'à ce que je sois en mesure de le faire. J'ai travaillé d'arrache-pied pour y arriver. Dès que je le pouvais, je revenais passer quelques jours auprès de toi. Tu grandissais, tu étais bien ici. Tu avais une vie calme et heureuse. Nous n'avons fait aucune démarche. Je n'en voyais pas la nécessité. Notre accord réciproque suffisait. Te faire reconnaître par Alain n'y aurait rien changé d'autant que cette paternité, il ne l'avait pas voulue et ne pouvait pas l'assumer. Ce qui t'était nécessaire, c'était de l'amour. Mamina te l'a donné sans label d'état civil.

- Tout ce temps-là ! Vous avez gardé le silence tout ce temps-là ! Comment avez-vous pu ne rien me dire !

- Au début, tu n'étais qu'une bien petite fille, Juliette. Mamina pensait toujours que c'était trop tôt, que le moment n'était pas favorable. Il est vrai que tu ne posais pas de questions et que tu t'adaptais tellement sereinement que j'en concluais qu'elle avait raison. Mais il faut bien avouer que plus le temps s'écoulait et plus cela devenait difficile. Elle avait promis de le faire ces jours-ci et puis…

- Et pourquoi particulièrement ces jours-ci ?
- Parce qu'il le fallait. Alain venait de lui apprendre qu'il allait se marier.
- Hein ? Et alors ?
- Et alors, Juliette, mets-toi à sa place. Il allait venir ici avec sa compagne et refusait de continuer dans cette ambiguïté.

Comme pour elle seule, Florence ajoute amèrement : que ne l'a-t-il exigé plus tôt !

A la Brasserie, le dîner avait donné dans le surréalisme. Assommée par les révélations de sa mère, Juliette avait suivi le mouvement dans un état second. « Choisissez pour moi » avait-elle éludé en refermant la carte sans avoir réussi à y déchiffrer quoi que ce soit. Elle se mouvait au ralenti, prisonnière d'un cauchemar dont la fuite était impossible. Le cliquetis des couverts lui parvenait amorti, le brouhaha des conversations voisines escamotait celle que sa mère et Alain s'efforçaient d'alimenter. Aux aventures de voyages répondaient des anecdotes de tournées. Petit à petit affleurait la complicité qui avait dû être celle de leur jeunesse. L'amertume l'envahissait. Elle n'était pas de leur passé, elle ne serait pas de leurs projets. Ils ne seraient jamais pour elle que des figurants. Fort malencontreusement ils l'avaient parachutée sur terre. Ce n'était que cela. Seule Mamina lui avait fait une place dans sa vie. Et encore… Pourquoi en avait-elle fait silence ? En avait-elle eu honte ? Juliette n'aurait su dire si l'écœurement qui lui montait aux lèvres devait plus aux fruits de mer qu'à son infortune. Alors qu'ils massacraient tous les trois leur crabe, Alain était entré dans le vif du sujet. Sa mère n'avait pas rédigé de testament, mais il était clair qu'elle aurait souhaité participer à l'avenir de celle qu'elle considérait comme sa petite-fille. C'est donc en son nom qu'il apporterait une contribution financière. Avait-elle déjà pensé à ce qu'elle souhaitait ?

Florence avait surenchéri.

Juliette les avait trouvés ridicules dans ce rôle de protecteurs occasionnels. Oui elle avait un projet. Non, elle ne resterait pas dans une maison où elle n'avait rien à faire. Du reste, elle irait dès le lendemain chez son amie Diane. C'était arrangé. Par ailleurs, elle demanderait un entretien à la Directrice de l'IFSI. Elle insisterait pour obtenir une chambre le plus tôt possible et déménagerait ses affaires. Ils n'avaient pas de souci à se faire.

Elle avait été détestable. A qui la faute ? Ne l'était-on pas avec elle ? Et si cela ne constituait pas une excuse, en tout cas c'était une explication. Elle était incapable de faire autrement. Elle ne regrettait rien. Son histoire n'était qu'une supercherie. Il y avait maldonne de bout en bout. Une grand-mère qui ne l'est pas vraiment et qui pourtant l'a élevée comme si elle était sa fille. Une mère qui n'a pas assumé son rôle et s'est complètement déchargée sur ladite grand-mère. Un père qui, pour le coup, n'en est plus un du tout. Mademoiselle la fille du hasard et de personne, voilà ce qu'elle est !

Jusqu'à leur retour, elle n'a plus desserré les dents. Les choses avaient été dites, il n'y avait rien à ajouter. Juliette s'est refusée à décrypter les regards peinés que lui jetait Florence, n'a pas voulu remarquer la fréquence avec laquelle elle dégageait son front, pas voulu percevoir le léger tremblement de sa voix. Rien de tout cela n'était plus dans ses cordes.

Au moment de se replier dans sa chambre, une ultime provocation lui était venue. Se retournant vers sa mère, sourdement elle lui avait asséné.

- Tu peux dire ce que tu veux, tu as dû être bien contente d'être débarrassée de moi. Sans cela, tu serais venue me rechercher. Moi, si j'avais un enfant, je ne le laisserais à personne, même pas à une grand-mère comme Mamina !

Ensuite, elle n'a plus eu à composer. Elle s'est jetée sur son lit pour céder à son chagrin. Cette mère, la seule famille qui lui reste, ne comprendra donc jamais.

Toujours, elle la quittait. Toujours elle la laissait derrière elle. Évidemment qu'elle était bien avec Mamina. Mais vivre avec sa maman, comme elle en a rêvé ! Toute son enfance, elle a préparé sa petite valise écossaise pour être prête à repartir avec elle lorsqu'elle venait la voir. Toute son adolescence, elle a espéré que sa mère le lui annonce.

C'était pour cette occasion-là qu'elle retenait le petit mot de cinq lettres, si doux, si plein, si tendre, qui jamais n'avait franchi ses lèvres, ce mot refusé qui aurait toujours été une utopie.

5. CONFIDENCE SOUS LE TOIT

A leur arrivée dans la maison du Saint-Quentin, Rémi avait entraîné Juliette à la tour de contrôle. Sa construction en surplomb du jardin avait valu cette appellation à l'avancée vitrée dont madame Boissier avait fait son bureau. De sa table de travail, elle gardait ainsi l'œil sur les va-et-vient, répondait au téléphone et juxtaposait au mieux travail journalistique et vie de famille. Elle s'y installait chaque après-midi pour rédiger ses articles. Sauf imprévu, ses enfants savaient l'y trouver et faisaient le crochet avant de monter dans leurs chambres. L'œil rivé à l'écran, pianotant sans s'interrompre sur le clavier de son ordi, Pauline rendait les baisers, souriait à l'annonce d'un résultat, acquiesçait à une information d'emploi du temps de l'un ou l'autre. La règle familiale voulait qu'on s'en tienne à ces rapports restreints jusqu'au dîner. Mais visiblement, ce soir-là faisait exception car Diane était en grande conversation avec sa mère.

- Bonsoir petite maman, je t'amène du monde. Et cet article sur les logements sociaux, bientôt fini ?

- Pas vraiment, mon grand. Je suis heureuse de te voir Juliette !

- Bonsoir Pauline. Rémi et Diane m'ont proposé… Ce serait juste pour quelques jours… Je vais m'organiser pour la suite.

- Allons, tu sais bien que tu es toujours la bienvenue ! Va t'installer et ne t'en fais surtout pas. Mais soyez sympas tous les trois, laissez-moi terminer. Je n'en ai plus pour longtemps.

- Excusez-moi, c'est ma faute. Si je peux me rendre utile…

- Manquerait plus que ça, rétorque Rémi. Allez zou, les filles, c'est moi qui m'occupe du dîner ! Ambiance bretonne : je prépare une montagne de crêpes !

Au premier étage, Bénédicte, la petite sœur à la chevelure de sirène, jambes étirées à l'équerre en appui sur la rampe, dévidait une leçon à voix haute tout en enchaînant ses assouplissements. Joséphine, assise en tailleur sur son lit, la supervisait tout en finissant un croquis. Toutes deux partageaient la chambre qui faisait face à l'escalier et depuis l'époque où elles dormaient avec la porte ouverte sur la lumière du palier, elles avaient trouvé mille subterfuges pour ne jamais la clore. L'habitude en était donc restée. Le passage étant incontournable, elles jouaient les vigies et n'ignoraient rien de ce que faisaient les trois grands. Ce soir-là, les prunelles de chat de Joséphine s'écarquillaient déjà pour enquêter, interrogeant son aînée sans même prononcer un mot. D'un coup d'œil elle comprit que cette fois la discrétion s'imposait et se contenta de bondir de son lit pour participer à la distribution de bises. Elle houspilla ensuite Bénédicte qui se plaignait du cumul d'une interro et d'une épreuve de danse le lendemain. « Allez, Ben la souris, on ne perd pas de temps justement, au boulot ! »

D'une deuxième envolée, les marches aboutissaient au second sous un vasistas, en prise directe avec le ciel et les nuages. Sur le petit dégagement qu'il desservait, s'ouvrait une grande chambre aux poutres apparentes. L'univers de Diane était blanc et gris, avec un bureau coincé sous la fenêtre, des étagères de part et d'autre, un lit camouflé par une couette soigneusement lissée, un vieux fauteuil club et un divan. Seuls un kilim multicolore et une statuette polychrome apportaient des notes de fantaisie. Juliette avait passé là bien des après-midis en interminables palabres d'adolescentes. Elle n'y avait pourtant pas occupé le divan aussi souvent qu'elle l'aurait voulu. Parfois, elle obtenait l'autorisation de rester après un goûter d'anniversaire ou, plus tard, lors de sorties au cinéma ou de révisions d'examens. Mamina n'aimait guère. Elle trouvait inconvenant de rester coucher chez les autres, à deux pas de chez soi. Et Juliette n'avait pas vraiment le cœur à la savoir seule dans sa petite maison de Montigny tandis qu'elle-même s'amusait parmi les enfants Boissier au Saint-Quentin.

Sitôt arrivée, Diane s'affaira, dégagea de la place dans sa penderie, sortit des draps et une couette de la soupente attenante. Juliette avait commencé à sortir ses affaires de son sac, mais le cœur n'y était pas. Durant le trajet en voiture avec Rémi, elle n'avait pas prononcé un mot. Il avait laissé la radio diffuser les informations du jour. Elle n'en avait rien retenu.

Le matin même, Florence était partie. Elle avait

laissé un chèque et quelques billets lisses. Elle n'avait tenté aucun geste, pas ajouté la moindre argumentation. Juliette devait bien s'avouer qu'elle en restait désemparée. Bien sûr, elle admettait avoir tout fait pour ériger des barrières et être prête à repousser toute tentative d'approche (ce matin elle pensait séduction), mais cela aurait au moins constitué un dernier contact. Au lieu de cela, une transaction, un moteur qui s'emballe, puis le néant. Chacune s'était murée dans son silence, sa fierté, son chagrin.

Juliette refoula la vague qu'elle sentait grossir et menacer à nouveau de lui saler les joues. Se mordant la lèvre, elle chercha à discipliner les mèches qui l'aveuglaient en marmonnant.

- Y'en a vraiment marre !

Son amie s'interrompit, la prit par le bras et l'obligea à s'asseoir.

- On finira plus tard. Tu ferais mieux de déballer ce que tu as en travers de la gorge, tu ne crois pas ? Qu'est-ce qu'il y a, Juliette ?

- Je te l'ai dit, je quitte la rue de l'Oseraie. C'est ce qu'ils ont toujours cherché, en fin de compte. Arriver à se débarrasser de moi. Ce n'est évidemment pas maintenant que je vais commencer à les encombrer !

- Qu'est-ce que tu racontes ? Ce n'est pas parce que vous vous êtes disputés que c'est la fin de tout ! Les divergences avec les parents, c'est normal. Ils ont peut-être été maladroits, mais cela finira par s'arranger.

- Tu es complètement à côté de la plaque, ma pauvre vieille. Tu t'imagines que tous les parents sont comme les tiens, mais ça n'a rien à voir, moi je n'en ai pas, voilà ce qu'il y a !

Juliette hache ses phrases comme si elle voulait mettre en lambeaux l'invraisemblable récit qu'elle dévide. Elle y injecte des questions sans réponses et met en doute l'affection dont elle se croyait entourée, dissèque les motivations de chacun. Le cas d'Alain lui semble finalement le plus simple. Lui, au moins, n'a rien su au départ et a poursuivi sa route. Mais quand l'a-t-il appris en fin de compte ? Et Florence ! Était-elle immature au point de ne pas se reconnaître responsable de son enfant ? L'a-t-elle considérée comme une poupée pour ses jours de vacances ? A-t-elle craint de nuire à sa carrière en s'en encombrant ? Et puis il reste toutes les interrogations concernant Mamina. Après avoir toujours placé en elle une confiance sans bornes, Juliette découvre qu'elle a pu camoufler ce secret, jouer double jeu depuis toujours. Comment une femme de sa génération, qui affirmait détester le mensonge, a pu le pratiquer ? Car on ne la baratinera pas, camoufler la vérité, c'est mentir. Dorénavant, rien ne tenait plus debout, tout était saccagé, jusqu'au moindre de ses souvenirs !

Diane se trouve maintenant aussi désemparée que son amie. Elle non plus n'aurait jamais imaginé que l'on puisse dissimuler si longtemps à quelqu'un son passé. Surtout en partageant son quotidien. Où allait-on si des adultes prenaient tellement à la légère leur rôle, s'arrogeaient le droit de détenir la vérité et estimaient que la cacher était en leur pouvoir ? Assaillie de questions à son tour, elle s'entête pourtant. Par amitié, il lui faut réagir.

- C'est impossible ! Il y a sûrement quelque chose qui manque. Quelque chose qui n'a pas été dit. Je résume. Tu me dis que ta mère s'est trouvée enceinte d'Alain et a gardé l'information pour elle. Bon. Ça peut coller puisqu'il était parti. Sa mère était en phase terminale, elle a voulu le lui cacher. On aurait certainement fait pareil. Elle se retrouve donc seule avec toi, évidemment pas dans les conditions idéales, ça tombe sous le sens. Mamina arrive et vous emmène chez elle. C'est plutôt merveilleux. Finalement tu y restes. Au début on peut encore comprendre, mais à la longue, ça devient moins clair. Et pour finir on ne t'a jamais rien dit. Avec la similitude de vos noms, c'était facile. Je comprends que tu ne te sois jamais posé de questions.

- J'aurais tout de même dû, maintenant que j'y réfléchis. Mamina mettait un entêtement anormal à se charger des démarches d'état civil pour moi. Jamais je n'ai eu en mains le moindre papier concernant ma naissance. Elle trouvait toujours un moyen pour s'en occuper à ma place.

- Mais qu'avait-elle à craindre ? Puisque ta mère était la seule à avoir des droits sur toi et était d'accord ?

- C'est bien la question ! Tu sais, j'ai eu l'impression d'une communication avec Mamina après sa mort. Maintenant je ne sais plus si je l'ai imaginé...

- Imaginé quoi ?

- C'est difficile à croire et cela paraît fou, mais c'était perceptible. Comme si elle commençait à me parler. Je ne la comprenais pas bien, alors je continuais comme si elle m'écoutait et puis je ne recevais plus rien. C'était comme si elle avait cherché à communiquer pour revenir sur ces silences, justement.

- Eh, ma Julie, faut se ressaisir ! Les successeurs du petit père Freud ont déjà assez à faire comme ça ! Moi, je te connais. Ton identité, qu'elle soit avec ou sans accent, elle est en toi. Ce n'est pas le nom qui changera grand-chose. Quant à la tendresse de ta grand-mère, elle était évidente. Et, quoi que tu en dises, je ne parviens pas à croire au soi-disant égoïsme magistral de ta mère.

- C'est peut-être parce que tu es protégée, comme je l'ai été.

- D'accord. Mais tu ne m'enlèveras pas de l'idée qu'il y a une clef qui te manque.

6. LE COIN PARLOTE

Grâce à un coup de main de Joséphine, les piles de crêpes avaient atteint une hauteur respectable. La table familiale était encombrée de fromages, charcuteries, confitures, destinés à garnir les galettes selon l'inspiration de chacun. Monsieur Boissier avait déniché du cidre brut et la bonne humeur ambiante engloba bientôt tous les convives. Pauline narrait avec cocasserie les faits divers du jour, prenait son mari à témoin, les uns et les autres y ajoutant leur grain de sel. Juliette avait toujours été étonnée par ce couple qui semblait toujours complice et amoureux. Philippe et son épouse riaient de bon cœur des blagues que Joséphine avait en réserve. Sur un « pas cap » de Bénédicte, les garçons avaient osé d'invraisemblables mélanges. De l'avis général, un surprenant duo camembert, confiture l'avait emporté sur l'étrange association omelette, miel, munster et Rémi avait triomphé fort peu modestement.

Qu'il était gai, ce garçon ! Juliette le côtoyait depuis des années, connaissait ses talents de stratège aux Richesses du monde, son penchant pour le chocolat aux noisettes et son engouement pour Keith Jarrett. Elle avait l'impression qu'il la prenait pour une sœur supplémentaire. Pourtant, une certaine façon qu'il avait de l'observer la troublait parfois. Comme ce soir, par exemple. Il plaisantait, chahutait Benjamin ou Bénédicte, mais revenait sans arrêt à elle. Diane prétendait que son frère remarquait tout. Quand elles étaient descendues, il lui avait souri avec tant de gentillesse, sans dire un mot, qu'elle en avait perdu contenance. Secouant ses boucles brunes, il avait alors fait le clown pour lui permettre de se reprendre.

Tout en y repensant, elle se sermonnait. Voilà qu'elle sombrait dans le ridicule. Elle avait amplement démontré n'avoir aucune disposition dans le déchiffrage de l'attitude de son entourage. Inutile d'aller se monter la tête. Si Rémi était plus attentif, c'était parce qu'il partageait le souci que Diane se faisait à son sujet, voilà tout. Cela valait mieux. Avec ce que ce genre de rapprochement avait apporté à Flo, il y avait intérêt à ne pas dériver.

D'ailleurs, il ne s'était pas attardé. Dès la fin du dîner, il s'était esquivé. Évidemment qu'il avait mieux à faire qu'à tournoyer autour de la copine de sa sœur ! Il avait en quelque sorte donné le signal de la dispersion et, la table tout juste débarrassée, les frères et sœurs s'étaient évaporés.

Claquements de portes, chahuts et rires avaient encore fait vibrer l'étage. Tout ici correspondait à quelque chose. La vie familiale avait ses rites, ses repères, ses codes. Chacun des enfants Boissier avait sa place, son rôle dans la fratrie, des enthousiasmes et des projets. Les autres s'y intéressaient et les parents au premier chef. Par différence, cela faisait presque mal. Juliette se sentait devenir une voix sans écho, une image sans reflet. Maintenant qu'elle en était affranchie, son existence se bouclait sur elle seule. Se retrouver amputée de ses attaches familiales n'était peut-être pas ce qui la fragilisait le plus. Ce qui abîmait tout, c'était qu'on l'ait trompée sur ses valeurs, sur ses tendresses. Par voie de conséquence, tout devenait suspect. Insidieusement, ce secret dévoilé pourrissait toute sa vie écoulée, empoisonnait tous ses souvenirs.

Le silence que Mamina avait gardé anéantissait la confiance qu'elle avait placée en elle. Y avait-il d'autres camouflages ? Jusqu'à quel point cette élaboration avait-elle été calculée ? C'était peut-être le secret de Polichinelle, tout le monde dans la conspiration et elle sur son île avec sa candeur imbécile !

Une méfiance sans bornes la submergeait. Qui savait ? Qui était entré dans le jeu ? Sur qui pouvait-elle continuer à compter ? Allait-il falloir douter de tout le monde ? Sur Montigny comme sur Metz, les commérages allaient leur train. Confidences et médisances avaient de tout temps propagé les informations de toutes les générations. Il lui était facile de deviner les commentaires dont cela avait pu faire l'objet. Elle qui croyait être indifférente aux commérages, se sentait humiliée. Elle ne comprenait pas ce que sa mère avait pu en espérer. La respectabilité ? Ça n'avait sûrement leurré personne, ici. A Paris, peut-être que si… Mais que pouvait-on bien avoir à en faire dans les salles de la capitale ?

Elle décoche un coup d'œil inquiet en direction de Diane dont l'air préoccupé la rassure. Si elle avait su quelque chose, elle n'aurait pas pu le cacher et aurait eu l'air troublée. Étant donné son âge, comment aurait-elle pu tremper dans les complots ? Et Théo ? Il connaissait tout le monde, lui, il était leur voisin à l'époque, il avait vingt ans… N'est-il pas resté bien évasif quand elle l'a questionné sur Flo et Alain ? Elle retournera le voir pour le cuisiner. Il réagira différemment puisqu'il n'aura plus à éluder le sujet.

Avec son amie elle a fini d'engouffrer la vaisselle sale dans la machine. De la gueule béante, encombrée de faïence souillée et de couverts ternis, montent des odeurs écœurantes. Diane claque la porte de l'engin sur les reliefs décomposés. Le malaise qui s'installait régresse un peu.

- Ne bouge pas, Juliette, j'attrape la théière.

L'ustensile s'est retrouvé sur le plateau puis une pression sur son épaule a engagé la jeune fille à se redresser. Pauline la dévisage affectueusement, en inclinant légèrement la tête sur le côté, comme son fils… Ne réussissant pas à sourire, Juliette esquisse une moue d'excuse.

- Petite parlote ?

Sûre de la réponse, Pauline se dirige déjà vers la salle de séjour, portant un plateau à bout de bras. Elle le pose sur le guéridon de merisier, allume la grosse lampe qui y trône et se cale dans la méridienne. Diane a positionné au minimum le gradateur du lustre, tiré à elle une chauffeuse et commence à emplir les tasses. Juliette, répondant à l'invite de la maîtresse de maison, s'est installée à côté d'elle. Est-ce le doux halo lumineux, le délicat parfum fruité de l'infusion, le confort du coin de parlote ? Chaque fois qu'elle a partagé ce moment de pause dans la maison, Juliette a ressenti le même bien-être. Les reflets cuivrés d'un samovar captent doucement le regard, les camaïeux des étoffes apaisent et petit à petit la tension tombe. C'est l'occasion privilégiée d'échanges légers comme des bulles de savon. Parfois aussi, de confidences qui éclosent.

Pauline boit à petites gorgées, laisse le calme s'installer entre elles trois. Quelques années plus tôt, la journée se serait terminée par une histoire et un gros câlin, ce qui était d'une grande simplicité. Ce temps-là est désormais révolu et l'actualité nécessite plus de réflexion et infiniment plus de précautions…

Pourtant, après avoir posé sa tasse, c'est la petite phrase magique qui les tenait en haleine autrefois qu'elle prononce. Il était une fois… Doucement elle égrène des souvenirs. Elle évoque Florence au lycée, cette grande de terminale qui la fascinait par son physique de mannequin et son délicat visage auréolé de vaporeuse blondeur. La pétulance dont elle débordait lors des répétitions de théâtre et la gentillesse qu'elle distillait aux intercours. Puis elle raconte sa découverte de la petite Juliette dont Diane s'était entichée dès son entrée en sixième. Une frimousse toute ronde piquetée de taches de rousseur, des yeux d'orient cerclés d'ocre et des cheveux de nuit. Une enfant gaie et attendrissante. Les filles surenchérissent lorsqu'elle en vient à des circonstances plus précises, à la sortie de classe à Gérardmer lors de laquelle elles étaient tombées du débarcadère, au goûter de Carnaval pour lequel elles s'étaient déguisées en arlequines, aux parties de Monopoly acharnées immanquablement laissées en plan par le mauvais joueur de service, à la première sortie en boîte abrégée par Rémi, furieux de voir si entourées celles qu'il s'imaginait initier... Pour finir, Pauline parle de Mamina, qu'elle avait fini par rencontrer et du rapprochement qu'elle avait alors établi avec Florence, sa partenaire de scène du lycée.

L'émotion gagnant du terrain, Juliette se referme et se raidit. C'est quoi le but ? Lui présenter son passé comme une féerie ? Elle sait pourtant la narratrice trop subtile pour se fourvoyer. Est-ce un chemin de petit poucet qu'elle lui trace pour s'y retrouver ? Dans ce cas, elle va la lui poser, la question qui la ronge. Sa recherche de la vérité va s'amorcer avec elle à l'instant même. Il va bien falloir qu'on lève le voile sur la conspiration du silence. D'une manière ou d'une autre elle mettra tout au net !

- Alors, vous saviez ?

- Je savais quoi, ma grande ?

Pauline n'a répondu que par une autre question. Pourtant elle ne semble ni étonnée ni réticente. Encouragée d'un coup d'œil par Diane, Juliette se lance. D'une voix rauque, elle reprend ce qu'elle a déballé hâtivement avant le repas. Des signes de tête en ponctuent la progression, parfois accompagnés d'un froncement de sourcils qui marque l'étonnement de son interlocutrice. Elle l'enregistre comme un partage de son incompréhension et poursuit. Après une froide chronologie, elle accumule les questions sur ce passé méconnu. Comprend-elle, cette maman toujours prête à l'intérim ? Quels fragments peut-elle avoir détenus de ces événements ?

Bien que n'ayant été en aucune manière informée, Pauline reconnaît qu'elle avait eu l'impression que Florence avait de gros soucis et qu'elle avait vaguement pensé à l'hypothèse d'une grossesse. Mais ayant quitté la ville après la représentation de fin d'année pour suivre ses parents dans le Jura, puis poursuivre des études de journalisme à Paris, elle s'était déconnectée du contexte messin. A part la lecture d'articles parus sur l'actrice, elle n'avait rien appris de tangible.

- C'est clair qu'il n'a jamais été fait allusion à un

mariage. Florence Régnier préférait ne pas parler de sa vie privée, mais elle n'a jamais fait mystère de ton existence. Je ne pense pas qu'elle ait cherché à cacher quoi que ce soit. D'un autre côté, ta grand-mère t'avait intégrée à sa vie, te considérait comme sa petite-fille. Elle vivait la situation avec naturel sans recourir à des explications. Elle était tout simplement heureuse de s'occuper du petit bout de chou que tu étais. Le temps passant, il ne devait pas être aisé de modifier cela. Rien ne te dit que ta mère ne l'ait pas souhaité. Peut-être avait-elle peur de mal s'y prendre, de ne pas réussir à tout conjuguer.

- Ou bien elle n'en a jamais eu envie. Il y a toujours moyen de trouver des solutions pour s'en sortir. D'ailleurs, vous y arrivez bien, vous et avec cinq enfants, rétorque Juliette !

- On ne peut pas comparer, chérie. Je n'ai jamais été seule, nous avons toujours pu compter sur nos familles et je n'ai pas toujours travaillé comme maintenant. Et puis il n'y a pas que cela. Comment ta grand-mère l'aurait-elle supporté ? Tu ne m'enlèveras pas de l'idée que cela a pu faire hésiter ta mère. Elle lui était redevable et ne voulait certainement pas lui causer de la peine.

- Peut-être aurait-on pu commencer par me raconter et plus tard me demander mon avis. Dans le cas d'un divorce, on consulte l'enfant à partir d'un certain âge. Non seulement on ne m'a pas accordé ce droit, mais en plus on m'a maintenue dans l'ignorance. On ne m'a rien laissé, même pas des souvenirs qui tiennent la route !

- Je comprends ton chagrin. Pour être franche, je ne sais pas quoi dire. Je crains que certaines des réponses que tu cherches te fassent éternellement défaut. Seuls, le temps et une réflexion personnelle te permettront de trouver ta vérité profonde, celle que tu reconnaîtras comme étant la tienne. Pour les éclaircissements qui peuvent t'être donnés, je ne vois personne d'autre que ta mère pour en avoir la clef.

- Elle me fera un numéro à sa façon et je n'en démêlerai pas ce qui est vrai. De toute façon, elle est repartie vers son cher théâtre !

Pauline enlace l'amie de sa fille et la berce jusqu'à ce qu'elle s'abandonne un peu. Diane s'est assise à même le tapis et a posé la tête sur les genoux de sa mère. Dans le silence que cadence imperceptiblement le carillon échoué sur la cheminée un jour de brocante, les paroles échangées prolongent leur écho. D'un commun accord, toutes trois renoncent aux mots et laissent leurs pensées vagabonder. Le calme de la maison les enveloppe.

Les sentant apaisées, Pauline suggère venu le moment d'aller dormir.

- Je persiste à croire que la vérité se cache au-delà des apparences ajoute-t-elle en les quittant.

7. LE PETIT PRINCE RESTE CHAMBRE 302

Juliette presse le pas, s'annonçant du claquement de ses semelles sur le dallage du couloir. Dans les services d'adultes, elle s'applique à glisser sans bruit, attentive à préserver les instants de répit volés à la souffrance, l'angoisse et la solitude. Mais depuis le début de ce module de soins infirmiers en pédiatrie, elle libère sa vivacité. Ici la qualité d'enfance assure l'indispensable sommeil et le bruit des pas, elle l'a constaté, sécurise les petits au lieu de les agacer.

Dès le réveil, le va-et-vient s'instaure, chassant les cauchemars de la nuit. Des blouses de toutes couleurs défilent dans les chambres, animant de sourires et de petits mots la prise de température, les changements de pansements, les repas, la valse des balais et serpillières. Les petits blottis derrière leurs barreaux, les plus grands réfugiés sur leurs lits, les enfants suivent tout, se cherchant des repères. Pour ceux dont le séjour se prolonge, le cliquetis des pinces, l'écoulement du goutte à goutte, le défilé du personnel soignant devient leur univers. Et si prélèvements et piqûres restent leurs bêtes noires, ils tirent réconfort des passages répétés dans leur chambre comme du bruissement du couloir.

Ils ont vite fait de repérer que le passage de la blouse en chef marque l'approche de l'heure des papas et des mamans. Peu après, s'amorce en effet le concert de pas précipités dans les couloirs, de froissements d'emballages dans les chambres, de conversations qui emportent dans leur flot l'écume des pleurs et des soupirs. Les pommettes enfiévrées, les petits malades s'endorment sous les caresses, bercés par les voix familières.

C'est du silence de fin de journée que montent la peur et la sensation d'abandon. Ceux qui ne succombent pas au sommeil s'enfoncent sous les couvertures, se raccrochent à leur peluche délavée imprégnée de l'odeur de chez eux. Les yeux arrondis de tristesse, ils se tournent vers le mur, repliés sur l'espérance du prochain retour. C'est l'heure où l'on voudrait pouvoir leur décrocher le soleil, allumer les étoiles sur l'écran sombre de la fenêtre, faire entrer la Belle et le Clochard, Mowgli, le Roi Lion, Shrek et toute leurs cliques pour les dérider.

Juliette ne quitte jamais l'hôpital sans faire un crochet par la 302. Les enfants que le hasard y a rassemblés sont particulièrement attachants, certains plus esseulés que d'autres, et elle ne résiste pas à l'envie de leur tenir un peu compagnie.

Dès le seuil, Kévin retient l'attention. Plâtres et bandages en font une petite momie au visage rubicond. Il est arrivé aux urgences après un vol plané sur le capot d'une voiture et cumule un traumatisme crânien, des fractures multiples et de vilaines plaies au visage. Ses parents se succèdent à son chevet, accompagnés de l'un ou l'autre de ses frères et sœurs. Il se remet doucement, aidé par un heureux caractère qui le porte déjà à faire des plaisanteries.

Dans le lit d'à côté, Émilie en a d'abord voulu à tout le monde d'être là et ne l'a pas caché. Une mauvaise chute au cours d'un exercice aux barres parallèles l'a éliminée d'un championnat auquel elle se préparait depuis des semaines.

Elle souffrait les premiers temps mais c'était peu de chose à côté de la déception qu'affichait sa mère. Un superbe cas d'ambition par procuration, cette femme-là ! Du haut de ses dix ans, c'est la fillette qui a bientôt réconforté l'adulte en lui répétant qu'une bonne rééducation lui permettrait de reprendre l'entraînement et de retrouver son niveau. Et puis l'enfant unique qu'elle était s'est prise d'affection pour Karim qui occupe depuis deux nuits le petit lit à barreaux en face du sien. Un autre accident de la circulation, avec fracture du fémur. L'adorable gamin aux boucles brunes est encore affolé par l'attirail de poulies, de câbles et de poids qui lui maintiennent sa jambe en extension. Il ne peut pas bouger et se mord l'intérieur des joues pour ne pas pleurer. Sa toute jeune maman a demandé aux infirmières de la remplacer du mieux possible, expliquant qu'elle l'élève seule et ne peut passer qu'après son travail. Émilie s'ingénie donc à le distraire. Elle lui lit ses livres, lui a donné son petit chat porte-bonheur et veille à sonner l'infirmière lorsqu'elle voit monter la fièvre.

Le dernier occupant de la chambre est celui

dont Juliette se préoccupe le plus. Il s'agit d'un petit garçon de cinq ans qui est tombé d'une fenêtre du premier étage. La toiture de tôle d'un appentis a tant bien que mal joué le rôle de hamac mais lui a valu des plaies et ecchymoses sévères. Il reste choqué, réfugié dans un mutisme farouche. Ses prunelles claires aux aguets sous des mèches en épis, il fait penser à quelque petit prince égaré, à mille miles de sa planète et de sa rose…

Juliette a appris qu'il s'agit d'un enfant placé depuis peu dans une famille d'accueil. Aucune visite ne vient le rassurer.

Côtoyer la révolte, les peurs et les pleurs des enfants hospitalisés constitue un rude apprentissage pour les élèves infirmiers. Probablement, pas plus que les titulaires, ne s'y habitueront-ils jamais tout à fait. Mais se trouver face au mutisme de ce petit Paul, à son refus de se laisser approcher, peut-être même de faire confiance à qui que ce soit était ce qu'elle avait rencontré de pire jusqu'à présent.

Juliette avait tenté de le mettre en confiance comme elle y réussissait avec les autres petits malades. Il était resté réfractaire aux marionnettes de la toilette comme aux pinces et compresses magiques. C'était à se demander s'il entendait ce qui se passait autour de lui. Le petit garçon fixait le plafond, serrait les mâchoires, n'accordait ni regard ni sourire, mangeait à peine. C'était l'échec sur toute la ligne.

Elle s'était alors rappelée du renard qui demandait à être apprivoisé et avait apporté le livre de Saint-Exupéry. Sans avoir l'air de s'intéresser elle non plus à quelqu'un en particulier, elle avait fait faire connaissance du petit prince aux occupants de la 302. Soir après soir, elle avançait avec eux dans la découverte de la petite planète aux incessants couchers de soleil.

Elle s'assied donc au pied du lit d'Émilie, malgré les recommandations du Patron du Service qui est très chatouilleux sur l'application rigoureuse de mesures d'hygiène élémentaires. Il a sûrement raison, mais elle se sent plus proche ainsi des enfants et mieux visible de chacun. Elle perçoit mieux leurs réactions.

Ce soir-là, la première neige floconne et

transforme la cour intérieure en carte de Noël avec son sapin illuminé. Il flotte comme un voile de fée ou une traînée de baguette magique… Au-dessus du lit d'Émilie est scotché le dessin de la caisse imaginée par l'aviateur pour servir d'abri au mouton.

- Tu en étais à : *c'est tellement mystérieux le pays des larmes*, indique-t-elle en parcourant la page marquée par le rabat de la couverture.

Lorsque la lectrice arrive au chagrin de la rose et à ses adieux au petit prince, son attention est accrochée par l'intensité du regard de Paul. Pour la première fois sa petite voix rauque s'élève comme brouillée de larmes.

- Il aurait pas dû partir. Il aurait pas dû laisser sa rose toute seule, le petit prince !

Juliette dans un sens partage un peu cette idée, mais elle est, sur ce sujet, de plus en plus perplexe. Elle commence à comprendre le désir du petit prince de découvrir le monde.

« *Je t'aime. Tu n'en as rien su par ma faute* » avait avoué la fleur.

Au moins l'avait-elle dit, elle, et le petit prince avait pu partir en emportant cet aveu dans son cœur !

Paul a-t-il lui aussi une maman rose qui est restée muette quand elle l'a quitté ? Quel drame a-t-il vécu, lui qui se mure dans l'isolement, se raidit d'insensibilité et s'interdit tout abandon ?

Ses voisins de chambre ont heureusement saisi la balle au bond et réagissent chacun à leur manière.

- Oui, mais t'as bien vu qu'elle était drôlement égoïste, rétorque Kevin ! Elle cherche qu'à se faire chouchouter !

- Moi, je crois qu'il a trop envie d'aller à l'aventure, le petit prince. Elle est toute petite sa planète à lui, alors il faut bien qu'il aille voir autre chose ou alors il ne connaîtra jamais rien. On passe pas sa vie à s'occuper d'une rose, ajoute Émilie avec conviction !

- Raconte encore, supplie Karim.

Il n'a retiré son pouce de la bouche que le temps de parler et l'a ré-enfourné sans plus attendre.

- Oh oui, s'il te plaît, enchaîne sa voisine !

Juliette a donc poursuivi sa lecture. De temps en temps, l'un ou l'autre l'arrête, s'étonne, pose une question, demande à voir une illustration. La découverte de l'allumeur de réverbères a distrait les enfants et leur a permis d'oublier la tristesse de la rose. Elle va pouvoir les quitter.

La maman de Karim arrive juste à cet instant avec les derniers gadgets Mac Do qu'elle distribue à chacun des petits. Il est tard. Emportée par sa lecture, la conteuse occasionnelle a oublié de regarder sa montre. Elle va en être quitte pour s'excuser par téléphone auprès des Boissier et piquer un sprint jusqu'à l'arrêt de bus !

- *La consigne est la consigne*, dit-elle une fois encore, pour son propre compte. Il est maintenant l'heure de se reposer. Bonne nuit les enfants !

Avant de se diriger vers la porte, elle les observe l'un après l'autre. Karim est sur le point de s'endormir paisiblement. Sa maman joue avec ses boucles, lui caresse le front, tout en lui racontant mille petites choses à mi-vois. Bientôt elle se taira et ne le quittera qu'une fois que ses cils auront ombré ses joues. De sa main valide, Émilie dessine une planète piquée d'un réverbère, tandis que Kévin a déjà succombé à la fatigue de la journée.

En arrivant à Paul, Juliette a encore dans

l'oreille le souvenir de la voix enfantine qui s'est livrée pour la première fois. Elle décide de tenter une nouvelle approche.

- Je préfèrerais laisser le livre ici. Tu veux bien t'en charger, bonhomme ?

Et sans attendre sa réaction, elle le glisse sous son oreiller. Au passage, elle effleure la broussaille de mèches indisciplinées. L'enfant ne se dérobe pas. Il ne la quitte pas des yeux. Il esquisse un sourire si ténu qu'il ne parvient pas à gagner ses yeux, à écarter la tristesse de sa frimousse. Si petit et déjà captif d'émotions inexprimables, abandonné sur une planète déserte… Acceptera-t-il d'y laisser pénétrer des affections de substitution ? Comme l'écrivait Saint Ex, *il est tellement mystérieux, le pays des larmes…* Ne l'a-t-elle pas elle-même parcouru en tous sens ces trois derniers mois ?

8. SUIVI FAÇON NIGHTINGALE

Pour son emménagement lors d'une journée très froide de janvier, il avait suffi de quelques allers-retours entre la maison où elle avait grandi, celle des Boissier et l'appartement loué rue Drogon. Du pavillon de Montigny, elle n'avait accepté d'emporter que l'indispensable. Elle avait ignoré les cartons préparés à son intention, refusé de céder à l'argument d'Alain qui assurait que sa mère l'aurait souhaité. Il avait d'ailleurs été très bien, allant même, il n'y avait vraiment pas lieu, jusqu'à s'excuser d'avoir entamé des transformations. Est-ce que lui aussi cédait à l'envie de changer, de relooker son environnement ? Il avait en tout cas mis les bouchées doubles pour mener ses travaux à bien pendant les mois sans navigation. Juliette devait s'avouer qu'elle avait aimé les teintes saumonées, les tentures claires. Il avait poussé la délicatesse jusqu'à laisser intact le décor de sa chambre. Elle s'était abstenue de commentaires mais n'y avait pas été insensible au moment où elle tirait concrètement la porte sur les fantômes du passé. Ce qu'elle voulait désormais, c'était s'échafauder un avenir en toute indépendance. Les pages d'enfance et d'adolescence étaient tournées, sa vraie vie allait pouvoir commencer.

Le front rafraîchi par la grande vitre obscurcie par la nuit, elle regarde défiler la trajectoire lumineuse du dix-neuf heures quarante-huit sur les rails en contrebas. Vus de son perchoir, les trains deviennent d'insignifiants jouets. Leurs passages cadencent les journées de ceux qui, comme elle, surplombent les voies ferrées. Cela a quelque chose de rassurant. Des voyageurs quittent leur quotidien, partent à la découverte, lient connaissance avec d'autres personnes. En quelques heures, ils rejoignent de nouveaux horizons porteurs d'espoirs et de projets. C'est mieux que le tronçonnage du temps par une horloge, gardienne d'agendas trop remplis et de programmes sans surprise, espionne des rendez-vous manqués et des défections.

A plusieurs étages au-dessus des voyageurs, elle est chez elle. Pour la première fois, elle évolue dans un décor que personne n'a cherché à imprégner d'une âme. La fonctionnalité a incontestablement déterminé les options de l'équipement de l'appartement. Les propriétaires y ont décliné le beige et le blanc du sol au plafond, de l'aménagement de la kitchenette aux étagères mélaminées. Cela donne quelque chose entre l'agencement de magasin et l'univers de Mon Oncle… Peu lui importe, c'est exactement ce qu'elle cherche. Ce à quoi elle aspire, c'est à se défaire de toutes les influences pour faire le point. Dans ce studio impersonnel, elle ressent les premiers effets d'une liberté d'être qui l'apaise et lui remet le pied à l'étrier.

Au fil de plusieurs semaines d'immersion dans le quotidien animé des Boissier, elle avait mesuré à quel point l'appartenance à une famille nombreuse ne s'improvisait pas. Pour celui qui n'avait pas été plongé dans cette drôle de potion depuis l'enfance, la magie ne faisait pas effet longtemps. Dès le bol de céréales du matin, les commentaires de Joséphine fusaient à propos de tout et de rien, coupés par les exclamations de Bénédicte sur ses tribulations de collégienne. À tout moment, des chahuts et des plaisanteries s'enchaînaient entre les garçons et leurs sœurs. Il fallait savoir vivre ensemble du matin au soir et n'avoir jamais un moment qui ne soit susceptible d'être partagé.

En fin de compte, c'était épuisant.

Pour Diane, cela ne semblait pas être le cas. Même après des journées éprouvantes en stage clinique, elle ne montait pas directement dans la chambre sous les toits, comme le faisait son amie. Elle se glissait au piano si saxo, violon et flûte déversaient déjà leurs coulées de notes dans l'escalier ou se perchait sur le coin d'un bureau à l'écoute des potins des plus jeunes. Elle prétendait qu'il n'y avait rien de mieux pour retrouver tonus et moral. Parodiant le médecin qui animait le module de pathologies, elle avait diagnostiqué chez son amie un syndrome d'enfant unique relevant d'un traitement par imprégnation prolongée… Mais les jours passant, Juliette n'avait bientôt plus envisagé que le bienfait des doses homéopathiques…

Ses tourments n'étaient qu'escamotés. L'ambiance animée et chaleureuse, les papotages de Bénédicte et Joséphine, la présence discrète des parents, la gentillesse de Benjamin, l'amitié de Diane, même la tendre complicité qui naissait avec Rémi ne lui permettaient pas de se sentir à sa place. Ce n'était pas ainsi qu'on s'insérait dans une famille. Il manquait une étape. Cela revenait à mettre la charrue avant les bœufs parce que cela occultait l'approfondissement de sa propre identité. Il devenait urgent et fondamental de s'y atteler et pour y parvenir, rien ne serait plus opportun qu'une césure avec silence et solitude au programme.

Le jour de son installation, elle avait précipité le départ de ses amis. Diane l'avait comprise et lui avait dédié une grimace depuis l'entrebâillement de la porte mais Rémi n'avait capitulé qu'entraîné par sa sœur. Il semblait malheureux. Comment aurait-il pu comprendre, lui qui débordait de gaîté et adorait être entouré de frère, sœurs, cousins et copains de tous bords ?

Quelle chance d'avoir pu bénéficier de ce studio à cinq minutes de l'Institut et à peine plus de la ligne de bus menant au CHR !

Lorsque l'aspirante locataire avait commencé à prospecter, cela ne s'était pas présenté sous les meilleurs auspices et, à chaque tentative, elle avait buté sur les garanties demandées. Ancrée à la conviction qu'il lui appartenait de s'en sortir seule, elle se refusait à solliciter quiconque. Chaque mois, un virement de Flo approvisionnait son compte, qui lui permettrait de se financer un loyer. Mais pour bénéficier d'un bail, il fallait verser trois fois le montant de celui-ci et surtout produire un engagement de caution. C'était à se demander à quoi rimait d'être majeure puisqu'on ne vous considérait pas plus qu'avant comme quelqu'un d'autonome et qu'on multipliait les handicaps pour vous empêcher de l'être !

Elle pataugeait donc dans cette impasse lorsque la monitrice de son groupe de suivance l'avait convoquée, six semaines plus tôt. L'entretien mensuel s'intégrait dans le cadencement des études. L'élève infirmière avait donc quitté la salle de pédiatrie sans appréhension préalable. Les manipulations du gros poupon s'étaient déroulées sans anicroche. Audrey, la moins habile de son groupe, avait enfin saisi la technique de nettoyage des fosses nasales avec du sérum physiologique. Les tout petits ne lui étaient pas encore passés entre les mains et seul le mannequin faisait les frais de son inexpérience. Quelques séances supplémentaires de travaux pratiques ne seraient pas inutiles. La diversité d'approche des élèves avait quelque chose d'étonnant. C'était comme si d'entrée de jeu les uns étaient familiers du monde des adultes alors que d'autres réagissaient en enfants et d'autres encore avec une retenue de personnes âgées. Étaient-ce l'histoire personnelle de chacun, leurs ressources physiques particulières ou une capacité émotionnelle plus ou moins maîtrisable qui opéraient cette osmose entre une fragilité et une autre ?

A ce stade de réflexion, l'étudiante avait parcouru le chemin qui la séparait du bureau de *Miss Nightingale*. Comme tous les bizuths, elle avait appris à ses dépens qu'aucune plaque ne portait cette identité. Il s'agissait d'un surnom, donné un jour par on ne savait plus qui, en l'honneur de la célèbre consœur passée à la postérité. L'énergie avec laquelle leur monitrice avait exercé en service hospitalier et dont elle s'investissait maintenant dans le suivi des élèves, sans jamais se départir d'une élégance sophistiquée, justifiait bien ce clin d'œil.

L'invite à entrer avait sonné sèchement et annoncé le ton. La directrice des études, après avoir fait signe à son élève de s'asseoir, avait rejeté sa longue natte noire dans le dos, posé ses mains sur le bureau. La raideur de l'accueil avait alerté Juliette qui s'était mise sur la défensive. Le point sur ses résultats avait été survolé. Sur ce plan, il n'y avait rien à redire. Sans louvoyer, Nightingale était entrée dans le vif du sujet. Il s'agissait de l'attitude adoptée avec les enfants de la chambre 302. Certes, lui avait-il été commenté, il était souhaitable d'entourer les petits malades, mais sans s'y attacher. Il convenait de ne pas créer des relations trop fortes avec eux. Une fois le séjour hospitalier terminé, il ne fallait pas les entretenir et se rendre disponible pour d'autres petits patients. La vie reprenait son cours, les enfants retrouvaient leurs milieux familiaux ou éducatifs. Le rôle du personnel soignant se terminait avec la fiche de sortie. Il fallait distinguer sensibilité et sensiblerie et l'on ne pouvait pas faire carrière dans cette profession si la seconde prenait le pas sur le professionnalisme au risque de perturber la vigilance, de nuire au bon sens.

Juliette était tombée de haut. Qu'on puisse lui tenir grief d'un excès de cœur ne lui était jamais venu à l'esprit ! Elle estimait n'avoir adopté qu'une attitude empathique élémentaire. Elle avait protesté de ses intentions, de ce qu'elle croyait contribuer à la convalescence des petits malades. Le moral n'était-il pas une des composantes de la guérison ? La vivacité de ses paroles avait dépassé sa pensée, frisant l'insolence et risquant de déboucher sur une issue scabreuse. Et conjointement le chagrin endormi avait échappé à son contrôle, s'était redéployé, lui avait noué la gorge pour anéantir toute combativité et la laisser totalement démunie. Miss Nightingale était restée interloquée devant ses larmes. Avait-elle réalisé alors que l'argumentation traitée avec tant de hargne pouvait découler d'un mal-être profond et peut-être camoufler une détresse ? Elle avait sorti une boîte de mouchoirs qu'elle avait posée négligemment à portée de main de son interlocutrice et marqué une courte pause, puis repris sur un ton neutre qui n'imposait rien.

- Mon rôle est de vous suivre dans vos études, mademoiselle, et de vous préparer à remplir du mieux possible votre rôle. Il vous faudra avoir pour chacun de ceux qui dépendra de vos soins compétence, attention et énergie. Il faudra après chaque accompagnement s'impliquer autant dans le suivant, puis le suivant et ainsi de suite. Sans s'épuiser et se perdre. Pour réussir cela, il faut se consolider en permanence. La situation personnelle influence chacun et si un problème est trop lourd à porter, en parler peut permettre de voir plus clair.

Juliette n'était pas allée au fond des choses. Pour cela, elle avait ses amis et détestait l'exhibitionnisme affectif. Elle avait cependant évoqué plus clairement le cas de Paul, l'enfermement dans lequel il se bouclait et la fragile ouverture permise grâce à une lecture. Elle avait admis que l'accompagnement qu'elle avait voulu assurer par la suite était difficile à réaliser. Elle avait enfin expliqué les circonstances qui avait mis Diane et Théo sur la route de l'enfant à Woippy Saint-Eloy. La monitrice avait été attentive et économe de commentaires. L'évocation de la bibliothèque de rue et du relais apporté par ce biais avait balayé d'un sourire la sévérité de ses traits.

Elle s'était ensuite inquiétée du mode de vie adopté par son élève depuis le décès de madame Regnier. D'un coup de baguette magique, elle avait dissipé les problèmes de logement. Il se trouvait que les propriétaires d'un studio qui en réservaient la location à des étudiants recommandés par l'I.F.S.I. venaient justement de prévenir de sa libération. Cela avait été simple comme le coup de fil qu'elle avait alors donné : pas de cautionnement à fournir, un loyer raisonnable, les allocations logement à la clé. Le soulagement avait balayé la lancinante tempête des tourments matériels.

Ce soir de janvier, une grande enveloppe matelassée occupait sa boîte aux lettres. L'esprit encore polarisé par de récentes discussions à propos d'une chronique de Mazarine, Juliette n'a pas prêté attention à la grande écriture, quelque peu transformée par l'utilisation d'un gros feutre noir. Mazarine…

Quel prénom imprégné de mystère, de grandeur et d'équivoque à la fois ! Quelles pouvaient être ses références personnelles ? Son existence avait été reconnue, c'était un avantage sur elle, et elle avait partagé des découvertes, des réflexions d'une richesse et d'une profondeur que la plupart des jeunes femmes n'effleureraient même pas. Cela avait probablement contribué à une maturité et une sensibilité d'écriture qui affleuraient, disait-on, dans ses ouvrages. Il faudrait prendre le temps de la lire. Mais quelle cohérence trouverait-elle dans ce parcours d'ombre et de lumière ? Comme il avait dû être déchirant de traverser le chagrin sous les yeux des journalistes et de se retrouver placardée sur les rayonnages des kiosques.

En comparaison, Juliette en arriverait presque à trouver son propre sort préférable. A y réfléchir, elle se sent plus en sécurité et plus libre.

Est-ce pour cela qu'elle n'a pas fait échouer la pochette portant l'écriture de Florence avec les précédentes dans le tiroir aux petits bazars ? Ou bien est-ce l'émotion de découvrir le cliché des jours d'insouciance sobrement encadré de cuir ? La vue brouillée par les larmes, elle a cette fois suivi au fil des lignes la haute calligraphie à l'encre sépia. Florence y exprime tendrement ses vœux, donne d'une plume alerte ces petits échos bien parisiens qui émaillent la vie des gens de théâtre. Elle parle de la pièce en préparation, fait allusion à une tournée provinciale prochaine. Sur le silence de sa fille, elle ne fait aucun commentaire. C'est bien d'elle de ne jamais rien demander. Indifférence, discrétion ou crainte d'essuyer un revers ?

Juliette pose la photographie sur la petite commode et allume la lampe à pied. Les visages de Flo et Mamina encadrent le sien de leurs sourires. C'était à la sortie du théâtre. Elles venaient de souper toutes les trois dans le restaurant aménagé dans la cour du Lucernaire. Cela avait été le dernier moment partagé. Le succès du spectacle, la réussite au bac, leurs retrouvailles, l'été qui s'amorçait, tout avait été joyeusement arrosé pêle-mêle. Aucune ombre ne planait. Les critiques étaient bonnes pour la comédienne, l'inscription de l'élève infirmière était validée, Mamina se déclarait très fière de ses deux filles. Elle se plaisait à les appeler ainsi depuis quelque temps, entretenant, probablement sans en être consciente, une étrange équivoque dans les rapports qui les liaient.

C'était le temps d'avant, le temps de la confiance et de l'insouciance.

Celui des secrets malheureusement aussi.

9. A FLEUR DES SECRETS DU CŒUR

La recherche d'un stationnement constitue le samedi matin, jour de marché, l'épreuve préliminaire à la promenade entre les étals sous les interpellations des marchands. Au volant de la Twingo, Diane commence à s'énerver. Après s'être faufilée de la rue de la Paix à la rue du Faisan, elle a tressauté en vain sur les pavés de la place de Chambre saturée de véhicules, puis, après avoir emprunté le quai Félix Maréchal, place son dernier espoir dans la rue des Jardins. Réfractaire aux parkings souterrains elle s'entête à ne pas vouloir les utiliser. En contrepartie, le chemin à parcourir les bras distendus par des paniers chargés n'est pas un cadeau s'il faut prospecter au-delà de la colline Sainte Croix. La préséance des piétons en centre ville est son credo, à l'exception de ce moment où elle endosse la mauvaise foi de l'automobiliste débordé…

Alors qu'un repli dans la rue du Vivier va devenir inévitable, une voiture déboîte fort à propos à hauteur de la pharmacie. Un créneau ponctué d'un soupir de soulagement balaye prestement l'agacement naissant. La journée s'annonce pleine de promesses puisque le soir même se célèbrera son anniversaire, à grand renfort de couscous épicé et d'ambiance orientale. Les copains se joindront à ses frères et sœurs, on tirera les allonges de la table, on oubliera l'hiver et la fête se prolongera tard dans la nuit ! Quiconque connaît les habitudes familiales imagine Pauline s'activant dans la cuisine à la confection de son fameux framboisier finement drapé de pâte d'amande. Et les palais gourmands s'émeuvent déjà de l'alliance de la mousse acidulée avec le moelleux du biscuit enrobé de confiserie. L'aide proposée par Juliette ne sera pas superflue pour satisfaire aux préparatifs, à commencer par les approvisionnements.

Ce week-end, les deux amies ont décidé d'oublier leurs études, les prises de sang et autres intraveineuses. Elles se sentent une âme de vacancières face à la promesse du loisir octroyé. Le ciel s'est mis au diapason avec complaisance en se débarrassant de la neige fondue de la veille. La présence d'un pâlichon soleil augure d'une journée plus clémente. Les maraîchers qui battent la semelle et leurs acolytes aux mains engourdies par le froid n'en seront que plus serviables.

Juliette s'est surprise elle-même de l'entrain avec lequel elle a accueilli l'invitation. Alors qu'elle l'a fuie deux mois plus tôt, elle grille d'impatience de retrouver la tribu Boissier. Les conversations à bâtons rompus de Joséphine et Bénédicte, les plaisanteries de Benjamin lui manquent. Rémi, quant à lui, a téléphoné de temps en temps sans qu'ils parviennent à conjuguer leurs horaires et ils n'ont pas réussi à se voir depuis son emménagement.

A vrai dire, elle n'a pas vu le temps passer tant elle a été submergée par son travail et les tâches multiples qu'elle doit assumer maintenant. Mais n'aurait-il pas pu faire un saut, venir la surprendre un soir ? Elle l'a pensé en même temps qu'elle en a été prodigieusement agacée. Après tout, s'appeler Boissier ne peut suffire à rendre un garçon plus fiable que ses semblables. D'autant qu'il ne s'agit jamais que d'un copain et que les élucubrations sur lesquelles elle dérive ne sont pas à l'ordre du jour.

Listes et cabas en mains, Diane et Juliette affrontent les courants d'air en débouchant sur la place d'Armes. Elles cherchent en vain protection en longeant la cathédrale et, rancunières, ne prennent pas le temps de lui rendre hommage. Le majestueux édifice s'est mis les pieds à l'abri de palissades et échafaudages, indifférent aux curieux, tout occupé qu'il est par la lente exhumation de sa blondeur de plage hors des effets de la noire marée des siècles. Les deux amies, emmitouflées dans des parkas, enfoncent leurs faluches de velours jusqu'à la ligne de leurs sourcils. Un jour de soldes, elles ont déniché ces coiffures souples dont les métamorphoses, liées à leurs corolles impertinemment relevées ou sagement protectrices, les ont amusées. En la circonstance, les couvre-chefs ont aussi le mérite d'attirer l'attention des commerçants et de hâter leur tour.

- Et pour les demoiselles aux chapeaux verts, qu'est-ce que ce sera ?

En riant elles désignent les légumes rutilants

qui semblent avoir été vernis avant d'être méticuleusement alignés pour le plaisir des yeux. Bien que ses gestes soient prestes, c'est avec délicatesse que le maraîcher attaque l'œuvre éphémère patiemment composée au matin de chaque jour de marché. Il caresse la robe des aubergines, jongle avec les poivrons, aligne les courgettes dans le plateau de la balance. Disposés ensuite dans le panier qu'il a réclamé, les légumes reconstituent sous ses mains expertes une nouvelle palette qui semble le ravir au moins autant que la colonne de chiffres qui s'allonge sur son calepin. La découverte de cet artiste légumier, comme elle l'a baptisé, revient à Pauline. Ses enfants l'ont souvent accompagnée, juste pour le spectacle, ravis d'être gratifiés d'un clin d'œil du manipulateur qui en rajoutait à leur intention. C'est donc spontanément que Diane, depuis qu'elle se charge des achats au marché, dirige ses pas en priorité vers celui qui a pris rang de fournisseur de la famille comme d'autres se targuent de l'être d'une reine.

En soldant le rendu de monnaie, le marchand de primeurs salue ses clientes d'un dernier compliment empaqueté des notes nasales de son accent lorrain. Réjouies par l'interlude, elles pénètrent dans les allées du marché couvert pour les derniers achats de viande et de fromages.

Les bras encombrés, elles progressent ensuite dans la rue envahie de tréteaux hétéroclites. Hélées par les bonimenteurs, les ménagères y ralentissent le pas, écoutent un instant, hésitent devant l'accumulation de draps, serviettes, copies de parfums, coques de téléphone. Les camelots font leurs boniments en les accompagnant de grands gestes théâtraux. Leur habileté de jongleurs de foire fascine les passants en leur offrant un moment de récréation. Parfois, ils poussent l'avantage, convainquent un badaud qui entre alors dans le jeu et participe au spectacle improvisé. Et lorsque ce dernier fend la foule son achat sous le bras accompagné des applaudissements du public, il est aussi rayonnant que s'il l'avait gagné ! Un peu plus loin, un prestidigitateur de taches les fait tour à tour apparaître et disparaître. Il macule d'encre et de graisse des pièces de tissu, déborde sur sa manche, en fait tomber sur son pantalon avec des mimiques navrées puis jubile en y tartinant une giclée magique qui annule miraculeusement ses méfaits. Bouches bées, des enfants font cercle en rêvant d'impunité assurée tandis que des messieurs trompent l'attente à leurs côtés.

C'est dans cette ambiance bigarrée qu'apparaît un personnage fantastique. Sa silhouette haute tranche sur la foule emmitouflée de terne. Il avance à grandes foulées souples, indifférent à la curiosité qu'il engendre. Il dégage une incroyable aisance qui contraste avec des vêtements aux antipodes des critères contemporains : manches largement évasées pour une surprenante veste de drap à haut col de velours ceinturée à la taille, sur un large pantalon dont l'ampleur est resserrée aux chevilles. On pourrait croire à l'apparition d'un commerçant florentin faisant route vers Anvers ou Amsterdam, comme au Moyen-âge... De cette époque, il a l'élégance nonchalante. D'aujourd'hui, il a le naturel, ce quelque chose qui découle d'une adolescence en jeans et baskets. Persuadée qu'il s'agit d'un tournage, Juliette s'attend à repérer caméra et équipe de cadreurs et laisse agir la féerie du moment. Peut-être des élèves du Lycée de la Communication réalisent-ils un court métrage ?

- Tu as vu, Diane ?

- Quoi donc ?

- Regarde, ce type, là, qui vient vers nous !

Son amie lève les yeux de la petite table où s'alignent les corbeilles d'œufs de tous calibres, va des pièces qu'elle a en mains à la direction indiquée. En quelques secondes, la joie l'illumine tandis qu'elle s'exclame :

- Mais c'est Thomas !

En moins de temps qu'il n'en faut pour le dire, elle a rejoint l'inattendu Lorenzaccio et lui a sauté au cou.

- C'est formidable de se croiser comme ça ! Qu'es-tu donc devenu depuis que tu as disparu de notre patrimoine local ? Tu es de passage ou bien venu révolutionner la mode provinciale ? Si c'est ça, croie-moi, c'est bien parti, tu ne passes pas inaperçu ! Ce que tu portes est vraiment superbe ! Allons au chaud pour bavarder, insiste-t-elle en les entraînant vers la place Saint-Jacques.

Les pieds coincés entre les sacs à provisions, Juliette reste sans voix. Ce Thomas ne ressemble à aucun des garçons qu'elle a pu rencontrer. Cette élégance de gestes et d'allure… Ces longs cheveux aussi sombres que ses yeux… Qui donc est-il ? Des questions-réponses s'enchaînent au-dessus des tasses dont elle retient qu'il termine des études de stylisme à Paris. Ainsi s'expliquent l'étoffe généreuse, la coupe étonnante, la facilité à porter des vêtements inouïs. Elle est aussi subjuguée par ce look qu'étonnée de l'être. Elle se rend compte à quel point le jeune homme attire les regards et ne parvient pas à s'en agacer. L'hommage qu'on lui témoigne ainsi lui semble légitime, pour le talent dont il fait montre, pour la beauté qu'il donne à partager. Il n'y prête de surcroît aucune attention. Il semble être détaché de la curiosité qu'il suscite, sincèrement intéressé, maintenant qu'il leur passe la parole, par leur découverte du monde hospitalier et leurs réactions de novices. Insensiblement, il nuance son discours, l'élargit à elles deux et l'englobe dans ces liens qu'il renoue avec un jalon de son passé.

Ce soir-là, Thomas s'est joint aux festivités programmées. Juliette ne l'a pas quitté des yeux. N'était-ce pas une bonne manière de le connaître mieux ? Elle a noté l'affectueux accueil de Pauline et Philippe Boissier, l'admiration de la petite Ben, la curiosité de Joséphine. Les plats épicés, arrosés de vin gorgé de soleil ont échauffé l'ambiance. Rémi s'est imposé à côté d'elle, a plusieurs fois saisi l'occasion de la frôler, de la prendre par l'épaule. Il a redoublé de prévenance, a tout fait pour retenir son attention. A-t-il perçu sa distraction ? Se fait-elle des idées ? Elle ne sait plus où elle en est, entre le trouble qui la gagne à être remarquée du Lorenzo des temps modernes et l'émotion de voir grandir une tendresse attentive et discrète dans les prunelles caramel du frère si proche. Dans le brouhaha des conversations et des rires, elle évolue dans un étonnant détachement. L'effet du Boulaouane peut-être ?

Thomas épate la galerie avec ses avatars de stagiaire dans une Maison de Couture. L'auditoire se laisse volontiers époustoufler pour céder ensuite sans difficulté aux rires.

Facilement brillant, l'invité de dernière minute ne cherche cependant pas à monopoliser la parole. Il rebondit sur une réplique pour détourner l'attention et se remettre à l'écoute de chacun. Il le fait avec autant d'entrain, indifférent aux mèches qui lui tombent dans les yeux et s'accrochent à ses cils recourbés. Outre d'être beau, ce qui ne nécessite pas d'avoir fait des études d'art pour le constater, il apparaît incroyablement gentil. Il y a en lui comme une fraîcheur d'enfant. Peut-être est-ce ce qui lui donne tant de spontanéité et adoucit l'impression de force dégagée par sa taille ? Fascinant, il faut bien l'avouer, il est fascinant…

Il avait fallu qu'elle pique un fard comme une gamine lorsqu'il avait pris congé ! Tout ça, parce qu'il avait proposé de les revoir. Une chance qu'il ait eu encore quelques jours à passer à Metz… Il s'adressait à toutes les deux. Mais c'était vers elle qu'il s'était légèrement courbé. Il l'avait enveloppée d'un regard étoilé en lui prenant la main avant la traditionnelle bise de copains. En passant la porte, il s'était encore retourné pour lui sourire.

Diane avait attendu d'avoir regagné sa chambre pour lui lancer :

- Dis donc, tu m'as tout l'air d'avoir un ticket avec Thom ! En voilà, une première ! Tu sais, craquant comme il est, on ne l'a pourtant jamais vu avec une copine !

- Tu plaisantes, proteste Juliette, sans préciser si elle fait allusion à la première ou à la dernière partie de la réplique !

- En tout cas, poursuit l'aînée des Boissier, j'ai l'impression de ne pas être la seule à l'avoir noté.

Elle marque une pause, fixe le coffret oriental offert par le convive en question, en effleure les incrustations, puis hasarde doucement :

Oui, mon frère, dans tout ça, qu'est-ce qu'il devient ?

- Pour parler de devenir, il faudrait déjà qu'il existe quelque chose !

La virulence de sa répartie la déroute elle-même. Juliette a beau s'en excuser aussitôt, une gêne s'insinue qui immobilise et retient chacune. Elle lui fait mesurer la vulnérabilité de l'équilibre élaboré ces derniers mois, la menace que représentent les coups de cœur.

Quant à Diane, elle s'en veut d'avoir utilisé les privilèges de l'amitié au profit de démarches amoureuses pour lesquelles, du reste, elle n'est pas sollicitée. Il ne manquerait plus qu'elle embrouille les rapports entre son frère et sa meilleure amie !

Alors, elle puise dans la gaîté de la journée écoulée la légèreté du dernier bavardage entrecoupé de bâillements, jusqu'à ce que le sommeil les réunisse toutes deux à la frontière des rêves, à fleur des secrets du cœur.

10. LE TIROIR A BAZAR

    La fenêtre guillotine l'azur. Le regard qui s'oubliait et amorçait un envol bute sur le châssis et renonce à l'évasion. Rappelé à l'ordre, il se soumet et retourne au classeur étalé sur le bureau. Les limites du studio servent de balises et court-circuitent les rêveries. L'étudiante s'est installée à sa table de travail bien déterminée à être efficace dans son plan de révisions. Rien de tel pour ignorer la parade du printemps qui s'orchestre alentour. Dans le centre ville, les parasols ont éclos aux terrasses des cafés et retiennent dans leur ombre toute une jeunesse qui s'exhibe en pantalons clairs, bermudas et robes à bretelles. Juliette a refusé la tentation d'une pause et s'est retirée dans les hauteurs de son immeuble à l'écart des distractions.

C'était compter sans le soleil qui se soucie comme d'une guigne de ces impératifs ! Il entre à flots, débusque les polycopiés mornes, lui dore les bras, l'invite au farniente. L'air vibre des premières chaleurs, outrageusement parfumé de pollens. Elle soulève de la main sa chevelure qui lui agace les épaules, la fait voltiger d'un coup de tête puis se décide à la nouer d'un bandana de coton. Fermement décidée à se reprendre, elle se penche à nouveau sur le chapitre des anticoagulants. Des effluves de seringa lui parviennent et la grisent... Peut-être une terrasse aménagée entre ciel et terre ? Ou bien les floraisons des jardinets voisins ? Elle épilogue sur les flux d'air chaud, se rappelle des démonstrations à base de papiers enflammés, d'épopées de montgolfières. Une plume minuscule tourbillonne doucement jusqu'à ses polycopiés et ponctue d'un relief échevelé un paragraphe. Le coupable est un moineau, fort affairé à consolider un nid sous l'avancée du toit, et qui a rasé d'un peu près la gouttière dans sa livraison de brindilles. Se concentrer s'avère décidément laborieux. Têtu, le printemps s'impose, sollicite l'attention, invite à musarder …

Chez Mamina, lorsque les beaux jours s'installaient, le va et vient des oiseaux était incessant. Dès l'aube, les piaillements vous mettaient dans une demie conscience avant que la sonnerie du réveil ne vous en sorte tout à fait. Le petit jardin regorgeait de baies, prévues ou non à leur intention, et abritait une vasque d'eau qu'ils avaient réquisitionnée pour leurs ébats.

- Peut-être ton rouge-gorge continue-t-il ses visites à Alain ?

Juliette s'est adressée à la photo qui n'a pas quitté la commode jouxtant son lit. Elle pratique de plus en plus souvent le monologue à haute voix comme elle l'avait fait les premiers jours qui avaient suivi la disparition de sa grand-mère. Plus jamais, cependant, elle n'a ressenti l'impression d'écoute éprouvée alors. Simplement, elle se sent moins seule, moins tenue à distance, comme accompagnée. Elle a même l'impression que ça l'aide à mettre de l'ordre dans ses idées.

Il y aurait tant à dire sur l'évolution de ces discours informels ! Au début, c'était de voir Flo sur la photo qui la gênait, l'empêchait de se confier. L'incompréhension et l'amertume qui les avaient dressées l'une contre l'autre

refluaient instantanément. Un papillon publicitaire avait donc masqué le regard indésirable, jusqu'à ce que Diane, sans malice, retire le cache pour mieux apprécier la photo.
- Comme vous aviez l'air heureuses d'être ensemble.
Juliette était restée interdite. Son amie avait raison, elles l'étaient profondément ce jour-là. Elles l'avaient été tant d'autres fois aussi ! Sa mère et sa grand-mère l'avaient entourée d'insouciance et la bonne humeur régnait toujours lors de leurs retrouvailles.
Des larmes lui étaient tout à coup montées aux yeux, libératrices de sa peur plutôt que de sa peine. C'est probablement depuis cet instant qu'elle n'a plus douté de la tendresse qu'on lui avait distillée. L'évidence venait de lui être énoncée et le fin visage de Flo était resté découvert à compter de cet instant. Petit à petit, de drôles de liens intangibles s'étaient ébauchés. De plus en plus souvent, la benjamine du trio se surprenait à se réjouir de parler à l'une sous le regard de l'autre. Il s'agissait souvent de petits riens, comme aujourd'hui à propos du rouge-gorge. D'autres

fois, elle s'abandonnait à de véritables confidences. Elle s'était mise à beaucoup parler de Thomas et en était arrivée à se demander si elle aurait abordé le sujet aussi simplement avec Mamina. Pas sûr du tout… Elle pouvait bien s'avouer que c'était plutôt le sourire lumineux de Flo qui l'aurait mise en confiance.

Doucement, une intimité de papier glacé se créait, tranquille de n'avoir pas de témoins, protégée par les murs du studio. Du même registre que le contact avec le doux vélin vert de la longue enveloppe qui, chaque mois, rejoignait le mystère des précédentes dans le tiroir à bazar…

Juliette soupire. Impossible de mémoriser quoi que ce soit. Elle perd son temps. Elle aurait aussi bien fait de rejoindre Thomas comme il le souhaitait. S'il appelait maintenant, elle dégringolerait sans réfléchir les escaliers qui la séparent du dehors. Elle succomberait à la griserie des parfums printaniers et courrait à sa rencontre.

Elle adorerait qu'il soit plus insistant, elle le trouve tellement fascinant. Depuis la fameuse soirée d'anniversaire, il a saisi toutes les occasions de la retrouver, seule de plus en plus souvent. Diane a vite compris. Avec un petit sourire en coin et une moue mi-étonnée, mi-inquiète, elle s'est inclinée. Un jour, prétextant une course pour laquelle il lui fallait son aide, elle a été jusqu'à intercepter son frère avant qu'il n'atteigne la terrasse à laquelle ils étaient attablés place Saint-Jacques. Thomas tournait le dos. Juliette a voulu en ignorer les retombées. Après tout, elle ne devait rien à Rémi, il ne s'était rien passé entre eux. S'il l'avait souhaité, il l'aurait exprimé, lui qui manifestait tant d'aisance en toute circonstance ! Au lieu de cela, jamais il n'avait rien laissé supposer. Alors pourquoi s'était-il assombri, pourquoi s'était-il figé avant de se décider à suivre sa sœur ? Pourquoi avait-il esquissé un geste rageur en se retournant ?

- On a beau dire, les garçons ne sont pas si faciles à comprendre. En tout cas, Thomas ne ressemble à aucun de ceux que j'ai pu rencontrer. Avec lui, je ne vois pas le temps passer. C'est aussi fantastique que de se trouver à côté d'un héros dans un roman. En premier lieu, il est tellement singulièrement habillé !

Samedi dernier, une jeune fille n'a pas pu s'empêcher de l'aborder pour le complimenter du pantalon de zouave qu'il étrennait. N'importe qui aurait l'air déguisé, mais pas lui, je vous assure. Il est adorable, délicat, et tellement attentif ! C'est fort pour un garçon de son âge, non ? D'un autre côté, je sais toujours très peu de choses de lui. Bien qu'il parle énormément, je me rends compte qu'il ne se livre pas du tout. Il recherche ma présence, mais en public, au café, au ciné ou au resto. Résultat, on rencontre toujours quelqu'un de connaissance. On s'amuse, mais on ne se dit rien. Je ne sais pas à quoi ça rime… J'avais toujours entendu dire que les garçons n'avaient qu'une idée en tête : griller les étapes. Eh bien, avec lui, c'est plutôt l'inverse. Tu n'as pas de souci à te faire, Mamina ! J'en arrive à me demander si je ne devrais pas prendre l'initiative. Tu le ferais, toi, Flo ?

Juliette baisse le nez sur le stylo inutile qu'elle tripote nerveusement. Elle se surprend à avoir envie de décrocher le téléphone, de taper neuf chiffres qu'elle n'a pas oubliés pour entendre lui répondre une blonde maman à la voix de velours… Elle s'interroge sur le comportement d'un copain, mais serait-elle prête à parler à quiconque de ce troublant revirement de sentiments faisant suite aux déchirements initiaux avec sa mère ?

Elle déteste son inconstance. Après avoir rejeté toute référence à son passé, avoir contesté l'amour dont on l'à entourée, avoir nié qu'on ait eu souci d'elle, la voilà qui donne dans la guimauve, s'attendrit à l'évocation de la rue de l'Oseraie, rêve des vacances insouciantes avec Flo et, pour un peu, se réfèrerait à ses supposés conseils ! N'importe quoi !

Tout de même… Un envoi lui parvient chaque mois. Cette régularité l'a surprise. La ponctualité sans faille l'a déstabilisée. Les plis occupent de plus en plus de place dans son tiroir. Chaque nouvelle lettre, bien que non décachetée, est devenue un rendez-vous, tacitement donné et attendu, étonnamment reconduit et reconnu. Jamais elle n'aurait cru sa mère capable de cette fidélité discrète. Cela ne colle pas avec ce qu'elle s'était imaginé d'elle après les révélations qui avaient suivi la mort de sa grand-mère. L'indifférence a été sapée et les doutes se sont effrités.

Et si elle s'était trompée ?

Doucement, elle fait coulisser le tiroir à bazar. La pile vert d'eau s'ébranle, glisse et se défait. Les sept enveloppes s'offrent en éventail. Du doigt, la jeune fille suit la chronologie des oblitérations. De novembre à mai, les hauts jambages terre de Sienne l'ont accompagnée. Tout à coup, elle prend conscience que son adresse a été modifiée dans le mois qui a suivi son emménagement. Comment l'information a-t-elle transité ? Par Alain, peut-être ? Sans plus réfléchir, elle saisit l'enveloppe postée fin janvier, introduit son stylo dans la pliure du vélin, extrait de légers aérogrammes.

Ma Juliette,

La tournée dont je te parlais dans ma dernière lettre s'est déroulée le mieux du monde. Cette fois-ci, nous avons été chouchoutés : la chaleur de l'Afrique avec des chambres climatisées ! Remarque, ce n'était malgré tout pas du goût de tout le monde. Marie-Aude se plaignait du ronronnement de l'appareil qui l'empêchait de dormir et Etienne ne circulait qu'entortillé dans une écharpe pour préserver ses cordes vocales ! Notre chère Zora a dû déployer des trésors de gentillesse et d'ingéniosité pour camoufler les poches de fatigue sous les yeux et les traits tirés de ces deux-là. On ne répétera jamais assez combien elle est géniale, cette Zora ! Elle a toujours dans sa manche un répertoire de trucs pour résoudre les problèmes nouveaux. Elle veillait jalousement sur le transfert de ses mallettes et s'arrangeait pour les rafraîchir dès l'arrivée à l'étape. C'était une détente merveilleuse de se confier à ses mains légères qui vous remettaient d'aplomb malgré les températures accablantes.

Suivait une foule de détails pittoresques sur le voyage, les représentations, les autres comédiens. L'animation jaillissait des lignes et la lectrice n'avait aucune peine à s'imaginer le remue-ménage des aéroports, les sautes d'humeur des acteurs, les joyeux soupers après le spectacle. Elle avait aimé partager le quotidien d'une troupe en déplacement et ce n'était pas sans nostalgie qu'elle voyait approcher l'été sans cette perspective. Un court paragraphe affectueux et un envol de baisers concluaient la lettre. Pas un reproche.

- Léger et hors sujet, ma pauvre Florence, se força-t-elle à ironiser.

Les feuillets qu'elle voulait cataloguer de futiles

tremblaient au bout de ses doigts. Pourtant elle ne se satisfaisait pas de ce constat. Étrange et déstabilisante, une folle envie de tirer au clair le contenu des autres messages s'insinuait. Le ton était-il de bout en bout aussi décontracté ? Pas dès le début, tout de même ! Il avait bien fallu que soient évoqués les paroles affreuses, le passé dévoilé, les liens intangibles… Dans une tentative de retour à plus d'indifférence, Juliette se lève brusquement, décapsule un coca bien frais qu'elle boit à même la canette.

Mais oui, il fallait bien que le contenu ait été différent dans les premières enveloppes. Il y avait eu celle de fin novembre, suivie de celle de fin décembre. Juste avant Noël.

Cet horrible Noël ! Les Boissier avaient déployé des trésors d'affection et diffusé un brouillard doré sur ces journées. Mais rien ne pouvait parvenir à les rendre supportables. Bourrée de rancœurs, Juliette avait souhaité que sa mère fût aussi malheureuse qu'elle !

Pourtant elle n'avait déchiré ni jeté aucun des envois. Elle était incapable de l'analyser ou de s'en expliquer mais elle devait bien avouer tenir à ce lien fragile. Elle pensa au renard disant au petit prince : « *C'est le temps perdu pour ta rose qui fait ta rose si importante.* » Pour que sa mère ait perdu de son temps à noircir des lignes et des lignes à son intention, peut-être cela voulait-il dire qu'elle l'aimait plus profondément qu'elle ne l'avait laissé paraître ?

Troublée, elle se décide à exhumer l'un après l'autre les messages maternels. C'est le seul moyen d'en avoir le cœur net. En dépliant le premier, elle se sent terriblement émue.

Étrangement disposée à l'être, aussi.

Elle pleura. Sur ses incompréhensions, ses amertumes, ses angoisses elle a versé toutes les larmes retenues. Tirée vers la clarté, elle quitte les eaux sombres de son chagrin. Le chemin nécessaire est accompli. Le moment de débarrasser les coins d'ombre, de balayer les ressentiments est arrivé.

Dans la toute première lettre, son histoire était reprise point par point, avec tendresse et délicatesse. Avait-elle mûri durant tout ce temps pour qu'à cette lecture, aujourd'hui, elle lui paraisse simple et belle ? Pour elle, deux femmes n'avaient-elles pas inventé une solution hors des chemins traditionnels ? Sans se soucier, ni l'une, ni l'autre, du conformisme et du qu'en dira-t-on. En se faisant confiance l'une à l'autre. Certes, elles auraient dû le lui expliquer au lieu de la laisser s'improviser un scénario. Mais Juliette voulait bien prendre en compte les explications de Flo et le désir de sa grand-mère d'attendre. Mamina ne disait-elle pas souvent, lorsqu'elle se sentait dépassée par les comportements des jeunes « autre temps, autres mœurs »

Libérée, souvent aussi elle rit. D'un trait d'humour, d'une situation haute en couleurs, des répliques que la comédienne lui transcrit déformées comme elle le fait lorsqu'elle est lasse de les déclamer avant les représentations.

Dans le pli posté quelques jours auparavant, perce une tristesse. Florence annonce la participation de la troupe au festival d'Avignon, puis à d'autres en Dordogne et dans le Lot, un projet incertain encore en Vendée. « Pas de dépaysement bien folichon cet été » remarque-t-elle. Ce n'est pas cela, sa fille en est sûre, qui peut motiver un tel manque d'enthousiasme. La tournée hivernale en Afrique avait apporté de l'exotisme à foison et le folklore qui règne autour du Palais des Papes a toujours exalté Florence. Une certaine manière affectueuse et désenchantée dont elle s'inquiète de la vie que mène Juliette, de la marche de ses études, de ses projets, fait mesurer à cette dernière la générosité mise à respecter son mutisme.

Après la signature déployée comme une voile, figure un post-scriptum. Laconique, il annonce la mise à disposition de places à son nom.

A tout hasard.

Au guichet de l'Opéra Théâtre de Metz.

Le 19 mai prochain.

11. AU-DELA DES APPARENCES

Le soir-même, elle décida de sauter le pas avec Thomas. C'est elle qui l'appela pour provoquer un rendez-vous. Lui n'avait pas de projet ou alors n'en avait pas fait état. Il parut ravi de son initiative et proposa de suite les adresses habituelles.

- Pour vingt heures, ça collerait pour moi. Disons dans un des bistros de la place Saint-Louis. Ils nous connaissent, les serveurs nous dénichent toujours une table.

- Tu ne trouves pas que c'est saturé de têtes connues ? Dès qu'il fait beau, cet endroit attire tellement de monde !

- Tu préfères une terrasse place Saint-Jacques ?

- Ecoute Thomas, on va toujours dans les mêmes endroits. J'aimerais bien changer pour une fois…

Il s'était étonné. Ces endroits étaient sympas. On était certain d'y retrouver des copains et de passer un très bon moment. Elle en avait convenu. Mais justement, elle aurait aimé quelque chose d'intime pour une fois. Un petit resto où il soit possible de se parler tranquillement... Mais peut-être n'avait-il pas envie de se retrouver seul en sa compagnie ? Il avait louvoyé, plaisanté. Etait-il bien l'homme de la situation ? Et si elle ne le supportait pas en tête-à-tête ? Elle avait tenu bon.

A l'heure convenue, avec le Graoully comme repère, elle s'engage rue Taison pour le rejoindre. Elle l'aperçoit tout de suite qui attend déjà. En chemisette de lin assortie à un souple pantalon blanc, droit, très classique, il a quelque chose de Gatsby le magnifique. Une élégance dosée, une nonchalance maîtrisée. Cheveux retenus en catogan, il a pris le parti de libérer ce regard qui a sur elle tant de pouvoir. Celui de la persuader de son charme et d'écarter doutes et incertitudes. Mais aussi celui de la plonger dans la mélancolie, lorsqu'il la délaisse pour d'autres et de lui donner envie de plaquer ces copains auxquels il prête trop d'attention.

Déjà troublée, elle le rejoint devant la grande

baie de l'intrigante enseigne Les Pas Sages.

- Merci de t'être faite aussi jolie pour moi, la complimente Thomas en la maintenant un moment à bout de bras avant de l'embrasser doucement. Sans insistance, comme toujours. Comme s'il ne voulait rien imposer. Attend-t-il un encouragement pour aller plus avant ou cette réserve lui convient-elle ? Dans ce cas, pourquoi tant d'attention et d'assiduité ?

« Il est vraiment temps que je sache sur quelle longueur d'onde me brancher » se convainc-t-elle en gagnant la table qu'il a réservée, dans la partie la plus reculée, plus intime et à l'écart des allées et venues.

Après beaucoup d'hésitation, elle avait opté pour une féminité affichée. Elle a joué d'une superposition de robes en voile de coton et noué ses cheveux, suffisamment longs maintenant, en chignon. C'est la première fois qu'elle s'y risque et son manque de dextérité lui a fait perdre du temps. Mais elle n'est pas mécontente du résultat, confirmé par les compliments spontanés de son ami. Elle reste empruntée pourtant, désorientée par un impalpable malaise. Sans compter qu'elle craint bien que la fragilité de sa coiffure ne la trahisse en cours de soirée... Mais pas de quoi s'alarmer, elle terminera en Esméralda ébouriffée et voilà tout ! Non, c'est autre chose qui la déstabilise. Son compagnon n'est pas semblable à celui qu'il est d'habitude. Outre ce look inhabituel, elle perçoit confusément qu'il y a plus que cela. Très concentré sur l'étude de la carte, les questions au serveur, il lui semble trop retenu, presque tendu. Il sourit, mais ses yeux restent d'ombre. Elle craint tout à coup d'avoir chamboulé l'amitié qui les a rapprochés au cours des derniers mois. Ne va-t-elle pas tout gâcher ? A vouloir aller droit au but, ne risque-t-elle pas de détruire la simplicité de leurs rapports. La légèreté de leurs liens n'est-elle pas plus précieuse que l'engagement plus précis auquel elle songe et aspire ? Est-elle à ce point impatiente de jouer les amoureuses ?

- Tu sais, Thomas, commence-t-elle...
- Non, non, ne dis rien ! Il emprisonne doucement sa main entre les deux siennes et poursuit d'une voix sourde. Il faut que je te parle. Je t'en prie, écoute-moi. Ce n'est pas facile. Alors, ne m'interromps pas. J'espère

tellement que tu comprendras… J'aurais dû le faire plus tôt, mais c'était si bon d'être ami avec toi, de faire comme les autres, de ne pas se poser de questions…

Juliette voudrait mettre son cœur sous cloche. Elle ne veut pas se trahir. Elle ne veut pas piéger par attendrissement. Elle espère cacher son trouble.

- Ravioles d'écrevisses sur waterzooï de légumes, chuchote le serveur en déposant leurs assiettes.

Waterzooï, elle ne sait pas exactement ce que ce mot signifie, mais elle l'intègre dans son vocabulaire. Elle est en waterzooï. Hachée menu, désagrégée. Les grandes mains réconfortantes ont lâché la sienne qui a échoué sur sa serviette. Aucun d'entre eux n'a saisi ses couverts. Ils s'accrochent à ce qui va être dit. Thomas murmure sur le ton d'une confidence.

- Il est grand temps que je t'apprenne qui je suis. Il y a trois mois que nous nous sommes rencontrés. Tu étais réservée, cela me convenait. Je n'avais pas l'air de te déplaire. Cela rendait plausible le fait que je sorte avec toi. Je rentrais dans le rang, je faisais enfin comme tous les jeunes de mon âge, j'avais une petite amie, pour parler comme eux. Mes parents m'ont fichu la paix, cessant de m'importuner avec mes relations, ma façon d'être. Même mes choix vestimentaires ont trouvé grâce à leurs yeux. Et pourtant, crois-moi, j'en avais entendu sur le sujet et tout leur a toujours été bon pour me ridiculiser ! Ton apparition a calmé les enjeux, ton existence les a rassurés.

- Comment cela rassurés ? Je ne comprends pas.

Thomas sourit. Il incline la tête sur le côté en l'enveloppant d'un regard désolé et triste.

- Je ne suis pas un garçon comme les autres, petite Juliette. Depuis aussi longtemps que je m'en souvienne, il en est ainsi. Quand j'étais enfant, on me trouvait trop sensible. Adolescent, j'étais trop rêveur, trop attiré par les chiffons, trop soigné. Trop artiste, trop original, toujours trop de quelque chose qui ne convenait pas et pas assez du reste. Il aurait fallu que je m'endurcisse, que je m'intéresse à des choses plus sérieuses, que je rentre dans la norme, dans le rang et je t'assure que j'ai essayé autant que ma famille s'y est employée ! J'ai eu beau faire, j'ai toujours été très mal dans les choix que mes parents cataloguaient plus virils. Cela m'a pris du temps, mais j'ai fini par me rendre à l'évidence. Ce n'était pas la peine de tourner autour du pot. Tu connais la chanson d'Aznavour, n'est-ce pas ? *« Je suis un homo comme ils disent… »* J'ai fini par comprendre que c'était cela qui me rendait différent. Quoi que je fasse, c'était ma réalité. C'est ma réalité. Je ne peux rien y faire. Je n'y pourrai jamais rien. L'autre, celui dans lequel chacun recherche son complément, son accomplissement, pour moi, est masculin. Il n'y a pas à sortir de là. Ma vérité à moi est celle-là. Depuis quelque temps, je craignais que tu ne te sois attachée trop sérieusement à moi. J'avais toujours relié nos sorties et nos rendez-vous à la bande des copains pour me défendre de trop d'intimité. Devant ton insistance à vouloir les éviter ce soir, j'ai pris conscience de l'urgence à être clair. Je ne pouvais plus continuer à faire semblant avec toi. Il fallait que tu le saches.

- Comment peux-tu être sûr de ce que tu dis ? Tu te figures que je pourrais être aussi attirée par quelqu'un qui serait, qui ne serait pas…

Juliette se mord la lèvre pour ne pas se laisser déborder. Ne pas dire n'importe quoi, non plus ! Elle ne veut pas avoir l'air de porter de jugement de valeur. Mais ce mot, elle ne parvient pas à l'utiliser. Elle ne conçoit pas de lien entre la confidence qui vient de lui être faite et ce qu'implique le terme d'homosexualité. Pour elle, cela ne peut se concevoir que pour des gens du show-biz, des originaux, des excentriques à la recherche d'une image qui les démarque de leurs semblables, mais pas pour quelqu'un de son âge. Pas pour un de ses copains, pas justement pour celui qu'elle se sent prête à aimer !

- Homosexuel, complète Thomas. C'est le terme qui convient et je préfère laisser de côté toute la kyrielle de ceux qui sont plus péjoratifs. Cela me concerne pourtant et je sais de quoi je parle. Je fais tout ce que je peux pour donner le change. Pas pour moi, mais pour ma famille, pour mes parents. Il m'est impossible de leur faire comprendre. Encore moins de leur faire accepter. C'est pour cela que je me suis abrité derrière notre relation.

- Pourquoi m'en parler alors ? J'étais plus intéressante pour toi en ignorant tout ! Tu pouvais faire durer les choses. Avec un peu de chance, on aurait fini par se quitter comme on s'étaient rencontrés, par hasard et sans savoir pourquoi et j'aurais pu rester ton alibi !

Juliette reste décontenancée. Par ce qu'elle vient d'apprendre. Par le tumulte qui l'étourdit. Elle se rappelle son impatience de tout à l'heure à l'idée de rejoindre celui sur qui se cristallisaient ses émois. Elle se croyait si sûre de l'aimer déjà…

Maintenant, elle se sent triste. Comme on peut l'être d'une fête qui prend fin.

Pourtant pas ce qu'il serait convenu d'appeler malheureuse. C'est ce qui la désarçonne le plus. Elle commence à intégrer la révélation que Thomas lui a faite. Elle mesure aussi l'effort que cela a dû lui demander, le risque qu'il a décidé de prendre en se dévoilant et en s'exposant à sa réaction.

- Je comprends que tu sois fâchée. Je te demande pardon. Je ne voulais pas te blesser. Je ne pensais pas que tu t'attacherais à moi, je veux dire vraiment... Je voudrais que tu me croies quand je dis que j'étais bien avec toi et que je n'ai pas simplement voulu en tirer parti. Depuis quelque temps, je me rendais bien compte que cela ne pourrait pas se prolonger. Qu'il allait falloir éclaircir les choses. Seule la crainte de tout gâcher me faisait remettre sans cesse.

- Au moins, pendant ce temps-là, je me suis crue irrésistible !

- Mais tu l'es, Juliette ! Tu es la fille la plus merveilleuse que j'aie jamais rencontrée ! Probablement es-tu celle que j'aurais pu aimer si j'avais été différent.

- Tu devrais peut-être essayer, dans ce cas !

Elle n'a pu s'empêcher de le provoquer encore. Elle a beau faire, elle ne parvient pas à admettre que ce garçon si beau, si fascinant, soit infailliblement déterminé de la façon qu'il dit. Sait-on qui l'on est, qui l'on va être, à leur âge ? Ne suffit-il pas de vouloir, pour orienter son avenir ? Il doit être encore possible de changer. Pourquoi pas ? On parle tellement de bisexualité...

- Non, maintenant que je me suis décidé à être

sincère avec toi, je ne vais pas laisser cours aux illusions. Je t'aime à toc de ce que je peux aimer une fille. Tu es ce qui m'est arrivé de plus joli depuis… je ne sais combien de temps. Mais, j'en suis désolé, ce n'est pas de l'amour. Je suis sûr de ce que j'avance.

- Tu as un ami, c'est ça ?
- Oui, mais la véritable question n'est pas là. Je pense que je serais aussi sûr de moi si je n'en avais pas. Crois-moi, tu vaux mieux qu'une histoire bancale, compromise d'avance ! Tu m'obliges à faire face et c'est le coup de pouce qui me donne la force de le faire. Il est grand temps de ne plus brouiller les cartes. Je ne serais d'ailleurs pas étonné que certains en soient soulagés et tentent leur chance !

Qu'est-ce qui lui fait dire ça ? Evidemment, faire surgir un amoureux transi du cercle de leurs amis ne pourrait que l'arranger ! Juliette ne sait plus très bien où elle en est. Au fil de leur conversation, l'homosexualité de Thomas est devenue tangible. Si elle y réfléchit bien, c'est l'explication à des relations tellement différentes. Elle peut bien le reconnaître, elle s'est toujours sentie tranquillisée en sa compagnie, comme si aucune dérive ne risquait de survenir. Peut-être est-ce même ce qui l'a apaisée et lui a permis d'oublier la méfiance engendrée par son histoire personnelle.

Nerveusement elle s'est mordu la lèvre pour résister à un fou-rire intempestif en mesurant la cocasserie de sa position. Si elle veut être tout à fait sincère, elle est curieusement déconcertée de ne pas être plus accablée. Jamais elle ne se serait imaginée capable d'un tel détachement… Elle aimerait pouvoir dire sagesse, mais elle sait bien en être loin.

D'ailleurs, si elle pouvait se faire offrir une cigarette, elle brûle d'envie d'en griller une ! Comme c'est bête d'être adversaire du tabac quand monte en vous l'envie d'enfreindre tous les choix faits par raison ! Elle vide son verre, se fait resservir du vin, croque dans ses ravioles.

Maintenant qu'elle a recadré le contexte de son attirance pour le mystérieux Gatsby, elle retrouve ses marques. Elle l'écoute parler de lui, de ses projets, du jeune styliste avec lequel il travaille. Avec passion, il évoque leur recherche de formes, de matières, de couleurs pour des costumes destinés à un spectacle de danse. Emporté par son sujet, il se dévoile enfin. Elle prend conscience qu'il renonce à tout camouflage comme il ne l'a encore jamais fait. La confiance qu'il lui manifeste l'émeut bien plus qu'elle ne veut se l'avouer. Et, parallèlement, elle se sent libre elle aussi. Libre d'être spontanée, de savourer l'instant sans arrière-pensée. Cela pourrait donner lieu à un slogan pour le restaurant. « Chez nous ne soyez pas sages »! Elle a certainement trop bu et s'en moque. Il est temps de faire grandir la petite fille trop sage et trop idéaliste. Le dessert en sera l'apothéose. Overdose de chocolat, s'il vous plaît !

Pas de quoi fouetter un chat.

Elle réfléchira plus tard. Peut-être serait-il opportun de consulter son philosophe préféré sur les jeux de l'amour et du hasard ? Par quelle étrange proximité l'amour et l'amitié sont-ils donc combinés, reliés en même temps qu'opposés ? Car enfin la voilà en train de tisser une relation d'amicale connivence avec celui qui l'a tout de même bien embobinée. Serait-elle trop gourmande pour rester objective ? C'est incontestable qu'il l'a princièrement régalée et elle en profite.

Les élucubrations sentimentales sont en miettes, ramenées en boule à l'heure qu'il est, comme la mie de pain inutile avec laquelle on joue.

12. PHILODENDRON DU MATIN

La lumière s'infiltre dans la pièce, fragilise les pans de nuit qui s'attardent et incite Juliette à émerger. La veille, elle n'a eu que l'énergie de se déshabiller. Trop tard pour regretter de n'avoir pas déroulé le volet. Désamorcer la sonnerie du réveil, le réduire à son affichage numérique. Savourer les deux heures de bonus imprévu en gardant l'avantage sur l'avenir attribué à ceux qui se lèvent tôt…
Son sommeil a été de plomb, incroyablement réparateur après ce qui a constitué une remise à l'heure des pendules. En tout cas de la sienne. Il lui reste cependant l'envie impérieuse d'en parler avec quelqu'un qui soit neutre et sache prendre de la distance en l'accompagnant dans sa réflexion. Si elle se hâtait, peut-être trouverait-elle Théo au retour de sa tournée de portage de journaux ? Il n'est pas du genre à refuser un moment de bavardage avant de s'engager dans le cours d'une journée.
La certitude d'avoir trouvé l'interlocuteur qui

convient lui fait attraper blouson et sacoche puis claquer sa porte au vol. Avec un : oh pardon, parfaitement inutile à l'encontre de ses infortunés voisins !

En une petite demi-heure elle a traversé les quartiers encore endormis, longé le « petit Jean XXIII » et atteint les eaux du canal. Elle s'est juste octroyé un petit détour par la boulangerie de la rue du XX ème Corps, tant l'odeur de fournil l'a grisée. Le bras réchauffé par la baguette sortant du four, elle dégringole maintenant le chemin où s'étiole le macadam. Un petit panache de fumée s'échappe de la cabane, signalant la présence espérée.

- Livraison de pain frais, annonce-t-elle en frappant !

La porte s'ouvre aussi grande que le sourire lui signifiant l'accueil qu'elle escomptait. Parfaitement en phase, la bouilloire sifflote sur le poêle, tandis que Théo hume la bannette dorée avec gourmandise. Sans poser la moindre question, il ajoute une chaise, sort un deuxième bol, couteau et cuiller, puis pousse vers elle un pot de marmelade de quetsches.

- Elle ne vaut pas celle de ta grand-mère mais

elle n'est pas mal non plus, tu verras !

- La marche m'a mise en appétit, je vais te la dévorer, ta confiture ! Et puis, j'ai bien grandi ces temps-ci, figure-toi. Je lui tords un brin le cou, à la nostalgie !

- Tiens, tiens… J'aurais manqué des épisodes ? Des choses à me raconter, alors ?

- On peut dire ça. Mais il n'y a pas que moi, monsieur le petit malin ! Il y a des bruits qui courent à propos d'un projet avec des jeunes sur Saint-Eloy. On peut en savoir plus ou c'est top secret ?

- Donnant, donnant, belle demoiselle ! Je veux bien te devancer, mais uniquement par bonté d'âme. Histoire de te laisser le temps d'avaler tes tartines sans avoir à parler la bouche pleine. Toutefois, je ne te laisserai pas repartir sans avoir honoré ton tour de parole ! Donc, oui, je participe à la création d'une association sur Saint-Eloy, mais pas uniquement ciblée sur les jeunes. La constatation qui revient en leitmotiv sur ces quartiers, c'est la difficulté des habitants à trouver un emploi. Ce que je dis s'assimile à une lapalissade, mais à vivre c'est une désespérance. Le commun des mortels n'a pas idée de l'énergie et de la constance qu'il faut renouveler sans cesse dans la quête d'un job hypothétique. Les va-et-vient constants à la Maison de l'Emploi avec la culpabilité non avouée d'être toujours chômeur. Si l'on a le profil, courir ensuite chez Auchan. S'aventurer chez Ikéa. Tenter une énième entreprise de nettoyage, etc. Dans la plupart des cas être évincé, sans avoir compris pourquoi, de postes pour lesquels on n'a d'ailleurs pas d'affinité particulière.

Quand on discute avec certains de leurs ambitions, des rêves qu'ils gardent enfouis, on en vient à se demander pourquoi rien ne s'oriente en fonction de cela. On est pris par l'envie d'échafauder des solutions. Il faudrait prendre appui sur leurs idées, leurs talents ! Je connais une femme qui n'a pas son pareil pour retoucher des vêtements et serait bien fière de réussir à en vivre. Une autre, d'origine africaine, qui voudrait créer une activité autour des coiffures tressées. Un génial bricoleur qui te retape une mobylette avec trois fois rien, un type qui n'a pas son pareil pour entretenir un jardin. Ce qu'il faut, c'est étudier ces potentialités soigneusement, recenser les procédures qui peuvent s'appliquer et fonctionner avec leurs initiateurs. Mettre sur pied des sortes de mini-pépinière d'entreprises sur les quartiers.

Nous sommes plusieurs à nous être persuadés qu'avec l'assistance de personnes compétentes qui s'impliqueraient sérieusement, nous pourrions y arriver. Les gens d'ici ne sont tout de même pas plus manchots que les initiateurs de micro-projets, financés par des micro-crédits qui font leurs preuves dans des contextes bien plus dépouillés, non ?

Juliette était épatée de constater la dynamique dans laquelle se positionnait Théo. Elle le bombarda de questions avant de passer à son tour à la casserole, comme il disait. Il la fit parler, il faut bien dire que c'était son truc, faire parler. Il disait qu'une décision ne vaut que si elle est prise par la personne elle-même. Qu'une solution finit par apparaître à force d'examiner les données sous tous les angles. Qu'elle convient parce qu'elle est celle qui s'impose à celui qu'elle concerne.

- J'ai l'impression d'avoir pris des années en

quelques mois. Et tout à la fois d'être repartie en arrière. Non, c'est plutôt comme si j'avais échangé une partie de mon passé avec un nouveau, relooké. C'est à la fois le même et un autre. Bizarre, comme truc. Tu sais, un peu comme dans les bouquins qui te proposent plusieurs options pour le déroulement de l'histoire. J'ai repris un chapitre que j'avais sauté. Il regorgeait de renseignements précieux pour mieux suivre. Quant à la remise à jour d'hier soir, elle a drôlement redistribué les rôles et rendu le passé récent plus cohérent.

- Mazette, c'est toi qui t'engages dans la pensée philo alors que, de mon côté, je m'aventure dans le concret !

- Philodendron, tu veux dire ! L'idée qui rampe et qui ne sait pas où s'enraciner. Je n'ai guère de talent pour ça, moi. Je peux même affirmer que j'ai le chic pour être à côté de la plaque. Ce n'est pas la première fois que je n'aurai rien vu venir. Tu le connais un peu, toi, Thomas ?

- Uniquement de vous en avoir entendu parler. Autant dire que je ne parvenais pas à le cerner a priori et que je pressentais des éléments troubles. Je m'entends, pas au sens de louches mais d'imprécis, d'indéfinis. Je lui tire mon chapeau pour avoir franchi le pas et fait preuve d'honnêteté envers toi. En revanche, permets-moi de te dire qu'il te laisse un cadeau empoisonné sur les bras en te faisant détentrice de ce secret. C'est toujours lourd de connaître la vérité sur quelqu'un s'il s'en tient là et continue à simuler avec les autres. On se trouve embarqué dans la même équivoque contre son gré.

- Il me fourre dans une situation qui se rapproche de celle dont j'ai eu tant de mal à me dépêtrer. Je ne vais pas me laisser entraîner dans des combines à mon tour !

- Tu ne crois pas que c'est plus compliqué et subtil pour ton ami ? S'il s'est affranchi de son secret avec toi, s'il a été capable de le mettre en mots pour le dévoiler, il se peut qu'il ait acquis la force d'assumer son homosexualité. C'est ce qu'il faut espérer mais c'est notre vision de la situation. Tu ne connais pas sa famille, ni toi ni moi ne nous rendons vraiment compte des répercussions que cela peut engendrer dans une vie bourgeoise, provinciale, bien rangée. La suite peut dépendre de ton attitude. Est-ce qu'aujourd'hui, après la nuit censée te porter conseil, tu es plus claire là-dessus ?

- C'est cela qui me laisse perplexe, figure-toi. Je ne me sens pas affectée outre mesure. Je suis dégringolée de mon nuage mais c'est comme si des ailes m'étaient poussées pour me permettre de décoller. Je n'en garde même pas d'amertume. Je ne vois d'ailleurs pas de problème à des relations amicales avec Thomas. Mais je ne veux pas d'ambiguïté avec l'ensemble de nos amis communs. C'est logique, non ?

- Laisse-le expérimenter cette situation nouvelle : pouvoir être lui-même avec toi. Il est bien possible que ton amitié conforte à ses yeux la démarche qu'il a enclenchée et consolide sa force.

Théo avait certainement raison. On n'a pas à présumer du ressenti de ses copains et encore moins projeter le sien sur eux. Si évoluer dans la clarté est libérateur, le mieux est de laisser chacun s'en rendre compte avec le temps qui lui est nécessaire.

En ce qui la concernait, elle n'avait pas tant perdu. Si elle voulait être honnête, il ne s'était rien passé de bien concret entre Thomas et elle. En la devançant dans son aveu, il lui avait même épargné la confusion du sien… Il resterait aussi attentionné et charmant, de cela elle ne doutait pas. Ce qui changerait profondément, ce serait la transparence de leur amitié. Et pour être honnête, cela lui semble bien plus précieux qu'un flirt.

Avant de le quitter, elle a invité Théo à la représentation théâtrale pour laquelle Florence avait mis des places à sa disposition. Il était temps qu'elle s'en préoccupe et passe retirer le nombre voulu avant le jour dit.

Diane serait de la partie, bien évidemment. Parce qu'elle était son amie et faisait partie de sa vie depuis toujours, ou presque. Elle ne cherchait pas à rassembler autour d'elle une garde rapprochée. Elle ne voulait plus mettre de distance entre sa mère et elle.

Partager l'évènement avec les témoins des chagrins et des révoltes du passé, c'était tout ce qu'elle souhaitait.

13. TOMBER DE RIDEAU

- Comment me trouves-tu Mamina ? J'ai tout de suite craqué pour cet ensemble. Je l'avais repéré dans une revue. Sa petite touche asiatique m'a rappelé tes histoires. Cela me rassure, comme si j'étais sous ta protection. Ne te fais pas de souci, je n'ai même pas fait de folie ! Promis, c'était une affaire. Une opération commerciale aux Galeries Lafayette. Quinze pour cent supplémentaires sur les trente déjà accordés. Du coup, cela devenait carrément un cadeau et je suis super contente. La surprise que je prépare à maman, autant bien la présenter, non ?

- ....

- Eh oui, je me soucie de cela maintenant… Et je feuillette les magazines que tu appréciais. Tu vois, tout arrive. Les détails ont de l'importance, je t'ai souvent entendu le dire. Ce n'est pas à toi que je vais apprendre que Flo y est très sensible, n'est-ce pas ? Je voudrais tant qu'elle ressente que c'est pour elle que j'ai pris autant de soin à me faire belle. Oh, je ne cherche pas à être aussi jolie qu'elle ! Je souhaite simplement lui faire honneur, j'aimerais tant qu'elle ne me trouve pas trop vilaine…

- ....

- Oui, je sais. Je t'entends dire que la vraie beauté est celle qui vient de l'intérieur. J'ai déjà lu cela dans des interviews de top-modèles ou d'actrices. Comme par hasard, celles qui sont des canons. Je voudrais bien les voir vivre, ne serait-ce qu'une semaine dans la peau d'un boudin. Non, ne te fâche pas de ce que je dis. Je ne me mets pas dans cette catégorie non plus, mais tu avoueras qu'avec un corps superbe, un visage sans défaut et des cheveux de sirène une fille a pas mal d'atouts dans son jeu ! Sans oublier que jolie robe, maquillage et coup de peigne aident encore à la mise en valeur !

Juliette grimpe sur son tabouret. En laissant la porte ouverte, elle capte sa silhouette des genoux à la poitrine dans le miroir de la salle de bains… Pas suffisant. Elle renonce à d'autres acrobaties pour se fier au souvenir de son reflet dans la cabine d'essayage.

- Je m'en veux de ne pas avoir lu le texte de Koltès avant de le découvrir. D'après ce que Théo m'en a dit, c'est âpre et fort. Cela ne m'étonne pas tant que cela. Quand on pense aux rôles que Flo a interprétés ces dernières années, il est sûr qu'elle ne s'est pas endormie sur ses acquis !

Elle a toujours pris des risques, il me semble. C'était sa stratégie. Peut-être parce que c'était la seule dont elle pouvait disposer. Sur scène comme dans la vie, en somme, c'est ainsi qu'elle a avancé. Elle a été forcée d'intégrer l'éphémère.

Nous, Mamina, nous avons fait comme si cela ne nous concernait pas, comme si nous étions à l'abri. A l'image de la plupart des gens, en fait.

- ....

Zut, l'heure tourne, il ne s'agirait pas que je me mette en retard ! Les billets, où sont les billets ? Dans mon sac, bien sûr. Un, deux, trois, quatre. C'est bon.

Est-ce que je t'ai dit que Diane a imposé Rémi comme accompagnateur ?

Elle sourit. Dans un premier temps, son amie

avait tourné autour du pot. Sous prétexte qu'elle n'aimait pas conduire de nuit, elle avait assuré qu'il serait le chauffeur idéal. Dans un deuxième temps, elle avait ajouté en riant qu'il l'avait passée par les pires tortures indiennes de leur enfance pour lui en arracher la promesse.

- Tu penseras à moi, Mamina ? Je sais ce que je veux. J'ai vraiment les idées claires. Mais j'ai un trac fou. C'est que je joue ma carrière de fille, moi, ce soir !

En bas, la Twingo l'attendait. Il n'y eut pas moyen d'intégrer la place à l'arrière. Diane s'y était faufilée pour couper court à toute discussion. Rémi s'inclina en une courbette, lui tenant la porte d'une main tandis qu'il déposait un baiser sur celle qu'il retenait de l'autre.

- En l'absence du chevalier habituel de mademoiselle, mademoiselle est bien aimable de m'accorder le rôle de suppléant du jour. Si je puis me permettre, mademoiselle est bien jolie ce soir !

- Merci, mon brave, rétorqua Juliette sans se démonter. Puis-je faire remarquer qu'en ce qui concerne le chevalier, il serait bon d'en reconsidérer la question. S'il n'est point opportun d'examiner cela présentement, sachez que les apparences ne sont pas toujours ce qu'elles peuvent sembler être !

Une succession d'expressions contradictoires aurait pu faire croire à un exercice théâtral… Incrédulité, incertitude, espoir et joie se juxtaposèrent sur les traits de Rémi. Il en était resté sans voix.

Puis il claqua la portière, esquissa un pas de flamenco en tapant dans ses mains, prit appui sur la carrosserie pour terminer par un saut. En se glissant au volant, il s'efforça au sérieux pour très vite y renoncer. Il se pencha vers sa passagère, lui donna un rapide baiser sur la joue puis claironna :

- En route pour la plus belle soirée depuis des lustres !

Diane lui susurra à l'oreille qu'elle ne perdait rien pour attendre, qu'une parlotte s'imposait entre quatre z'yeux…

Sourire à la Mona Lisa. Regrettable anachronisme avec la tenue exotique, tout compte fait. Juliette n'en dirait pas plus aujourd'hui.

Elle se contente de confirmer d'un air

imperturbable :

- Allons-y, on nous attend ! Pour le reste, cela ne dépend pas que de moi.

Elle pense un peu à Thomas. Mais beaucoup plus encore à Florence et à ce que cette soirée représente pour elles deux.

Sur le parvis du théâtre, Théo les accueille. Dans le hall, on se presse pour l'accès au vestiaire, au mépris des consommateurs qui émergent du bar. Le chassé-croisé n'est pas sans risque ni du goût de tout le monde. Chacun semble vouloir s'imposer comme si sa vie en dépendait. Un spectateur bougon bouscule dans sa hâte l'un des mannequins somptueusement costumés qui parent l'entrée. Les quatre amis, malencontreusement parvenus à sa hauteur, encaissent le choc. Probablement vexé, l'impatient grommelle à leur encontre et s'esquive. Tandis qu'ils éclatent de rire, Rémi retient le personnage décoratif dans sa chute et réceptionne son couvre-chef au vol. Puis il le cale dans sa posture affectée, le salue d'un coup de son chapeau avant de l'en recoiffer et déclame joyeusement « Ah, Lorenzaccio, prends garde à ta fragilité ! »

- Je me demande ce qu'un olibrius pareil pourra retirer de la pièce, commente Théo tandis qu'ils gravissent l'escalier menant au premier balcon.

- Tu sais ce qu'en dirait Flo ? Encore un qui n'a pas dû payer sa place !

- Eh bien moi, je t'assure que même si je suis gracieusement invité, je savoure ma chance et je ne ferai pas la fine bouche.

- Mazette, nous voilà installés comme des princes !

- Eh oui, premier rang du premier balcon ! Ce sont les places que j'ai toujours préférées… De là, on ne perd rien du spectacle tout en ayant une vue d'ensemble. Les réactions du reste du public ne vous perturbent pas. On peut se laisser totalement emporter par le jeu des comédiens.

Elle y a pensé…

Pendant que la salle se remplit, ils la questionnent sur les mises en scène qui l'ont particulièrement marquée. Juliette évoque pour eux les tournées les plus étonnantes parmi celles qu'elle a pu suivre. Histoire de meubler l'attente de tous et surtout d'apprivoiser la sienne.

Quand le rideau se lève, la salle fait silence et les répliques des acteurs s'enchaînent. Elle a du mal à reconnaître sa mère. La femme dont elle interprète le rôle a tant à revendiquer, à revenir sur un passé qui l'a meurtrie…

Elle règle des comptes, passionnée, exigeante…

Rien de glamour, rien de doux, d'enrobé…

… « La vraie tare de nos vies, ce sont les enfants ; ils se conçoivent sans demander l'avis de personne et, après, ils sont là, ils vous emmerdent toute la vie, ils attendent tranquillement de jouir du bonheur auquel on a travaillé toute notre vie et dont ils voudraient bien que l'on n'ait pas le temps de jouir… Il faudrait changer le système de reproduction tout entier : les femmes devraient accoucher de cailloux : un caillou ne gêne personne, on le recueille délicatement, on le pose dans un coin du jardin, on l'oublie »…

Est-ce d'une maman de dire cela ?

- C'est le texte, c'est un rôle, a soufflé doucement une voix à son oreille.

Elle hoche la tête, la gorge serrée. Oui, c'est l'art du comédien de donner vie à ce qu'a écrit l'auteur. Mais il a bien fallu alimenter cette révolte avec du ressenti et le sortir de soi, de ses tripes. Ce personnage est pétri de désespoir pour avoir tant de force... Dans ses lettres Flo n'a rien laissé transparaître de tel. Ses lignes distillaient l'apaisement et une infinie patience. Maame Queuleu n'explique-t-elle pas que « grandir, c'est trouver un moyen terme à toute chose, abandonner son entêtement »

C'est en ces termes que Juliette avait annoncé avoir changé à Théo. Rigolo de retrouver cela formulé d'une manière similaire. Comme une mise en mots de ce que l'on analyse à peine.

Grandir.

C'est d'abord basique. Gagner des centimètres, acquérir la capacité de faire de plus en plus de chose, avoir le droit de s'exprimer. Evidemment, ce n'est là qu'un début. On prend ensuite conscience qu'il s'agit de bien plus que cela. Et qu'on ne peut sans aucun doute pas y parvenir sans faire un troc. Celui de la vision enfantine idéalisée contre celle de l'acceptation adulte de la diversité et de la mobilité du monde. D'un destin qui se construit jour après jour. Qui est entre vos mains et vous échappe à la fois.

Evidemment, puisqu'il est entre les mains de chacun. Pas besoin d'être devin pour envisager le résultat. Des influences croisées et contradictoires peuvent-elles déboucher sur autre chose qu'un sacré foutoir ?

Elle se donnera le temps d'approfondir la vision de Koltès en lisant sa pièce. Avec force discussions à l'appui. Ce *Retour au Désert* est tellement foisonnant qu'il vous submerge et vous chahute. Révolte, dénonciation, revanche. Attirance, attachement, soumission. Et malgré tout, l'espérance d'un recommencement. Avec une sorte de conviction jubilatoire…

« Faire silence, ne plus mentir » dit Mathilde.

Les applaudissements, les saluts de la troupe, les rappels. Des regards vers le premier balcon, un geste, un baiser de la main dans sa direction. C'est vrai que la salle a été rallumée. Florence connaît maintenant sa présence.

- Bravo ! crient ses voisins.

Elle est tétanisée.

Le poids des mots.

Le terme atteint.

La démarche à accomplir.

Ne pas bouger encore. Laisser le public se bousculer et partir. Trouver sa respiration.

- Nous avons de la chance d'avoir un sésame pour l'accès aux coulisses ! Je brûle de mettre mon admiration aux pieds de ces fabuleux artistes !

Poussée par Théo, Juliette enfile la galerie qui permet d'accéder au domaine interdit. Elle vérifie que Diane et Rémi sont bien dans leur sillage, se rassure de leurs mines attentives. Ils l'encadrent spontanément tandis que l'ex babysitter leur fraye le passage. Alors qu'ils atteignent la porte qui sépare les coulisses du couloir, elle marque un arrêt. Son cœur s'est lancé dans une chamade à lui en faire perdre le souffle.

- Il était une fois une petite fille qui allait retrouver sa maman…

Son amie lui a murmuré à l'oreille en lui passant le bras autour des épaules.

- Ce qui m'ennuie, c'est tous ces gens ! Tant qu'ils n'auront pas leurs autographes, nous ne pourrons pas approcher. C'est pas top.

- Juliette ! Ce que Flo va être contente ! Elle t'attend avec tant d'impatience ! Passe par là pour éviter la bousculade.

- Ils sont avec moi.

- Ok. Simon, tu veux bien acheminer ces jeunes gens jusqu'à Florence ? Excuse-moi ma belle, je me sauve !

C'est Zora qui a surgi dans un tourbillon de jupons. La maquilleuse a plaqué une bise sur la joue de sa protégée, fait un geste d'adieu à ses accompagnateurs et a disparu laissant des volutes de senteurs impalpables.

- Attention où vous mettez les pieds, il y a toujours un câble qui traîne.

Sous la protection du dit Simon, le quatuor se faufile entre les décors, les leviers, la machinerie. Les odeurs de colle, de peinture et de poussière s'entremêlent. On se croirait au sein d'un chantier. Ou plutôt dans un atelier, pour une œuvre en élaboration constante. Ephémère et pourtant éternelle.

En tout premier, c'est en reflet dans le miroir bordé d'ampoules que Florence a rencontré leurs regards. Le sien a volé de l'un à l'autre pour ne plus s'accrocher qu'à celui de la silhouette en sarong. Machinalement elle a donné un dernier coup de brosse à ses cheveux.

Puis elle les a rejetés en arrière de la main. Dans la glace, au même tempo, l'Asiate en faisait tout autant. Toutes deux ont éclaté de rire et tout s'est accéléré. La comédienne s'est levée vivement pour venir vers eux, les a embrassés l'un après l'autre tandis que sa fille les lui présentait.

- Théo, l'inventeur des histoires du Graoully, Diane, la fille de Pauline, mon inséparable et Rémi, son frère.

- Pas encore son inséparable, mais je ne désespère pas…

- Madame, je vous exprime notre admiration ! Vous donnez une vie incroyable à ce texte. Je vous remercie de ces émotions fortes !

- Merci Théo. C'est très gentil à vous et cela me touche. Et toi, ma Juliette, pas trop secouée par le discours de Mathilde ?

- Si je l'avoue. On a beau se dire qu'il s'agit d'une parole d'auteur, je me demande tout de même si quelques similitudes… Mathilde dit des choses si terribles…

- Elle les a vécues, ces choses terribles. Bien d'autres tournoient et la menacent. Cela ne l'empêche pas de cibler le bonheur qu'elle revendique et de le préparer soigneusement.

- Je ne suis pas un petit caillou.

- Je ne suis pas Mathilde.

- Je ne veux pas que tu m'oublies dans un coin du jardin.

- Je n'ai pas de jardin, ma chérie.

Les larmes embuaient leurs yeux. Peut-être était-ce ce qui les avait empêchées de s'apercevoir du départ des trois mousquetaires ? Florence avait fait pivoter sa fille sur elle-même pour l'admirer. Pour se mettre au diapason, avait-elle dit, elle avait rehaussé son maquillage et enfilé une robe-chemisier en lin vert d'eau… La couleur de l'espoir. Celle qu'elle avait déjà adoptée pour ses courriers…

Elles n'avaient pas mis longtemps à se décider sur l'emploi du temps de la soirée. Une dînette à l'hôtel. On leur avait monté un plateau qu'elles avaient dévoré.

Jusqu'à épuiser la nuit, elles avaient chuchoté. Pour ne pas réveiller les dormeurs des chambres attenantes, oui un peu.

Pour avancer à pas de velours l'une vers l'autre, beaucoup.

Aller doucement, prendre le temps, ne pas se heurter, s'écouter, se retrouver.

Elles avaient étouffé des rires et essuyé des larmes.

Quand Juliette avait réalisé que le petit matin pointait, elle avait grimacé. Avec un sourire, elle avait embrassé Flo en s'excusant.

- Il faut que j'y aille. Je suis de jour et j'ai juste le temps de passer me changer.

Avant de franchir le seuil, elle s'était retournée, avait souri en repoussant ses cheveux de la main. Avec un tremblement dans la voix elle avait ajouté :

- Tu ne trouves pas que le répertoire mère-fille nous va bien, maman ?